SMILE

The Story of a Face

微笑不是唯一的答案

[美] 萨拉·鲁尔 / 著
陈金玮 袁鹏飞 / 译

Sarah Ruhl

中信出版集团 | 北京

图书在版编目（CIP）数据

微笑不是唯一的答案 /（美）萨拉 · 鲁尔著；陈金玮，袁鹏飞译. -- 北京：中信出版社，2023.4

书名原文：Smile: The Story of a Face

ISBN 978-7-5217-5045-4

I. ①微… II. ①萨… ②陈… ③袁… III. ①回忆录－美国－现代 IV. ①I712.55

中国版本图书馆 CIP 数据核字（2022）第 254753 号

微笑不是唯一的答案

著者：［美］萨拉 · 鲁尔

译者：陈金玮　袁鹏飞

出版发行：中信出版集团股份有限公司
（北京市朝阳区东三环北路 27 号嘉铭中心　邮编　100020）

承印者：北京诚信伟业印刷有限公司

开本：880mm×1230mm 1/32　　印张：9　　字数：168 千字

版次：2023 年 4 月第 1 版　　印次：2023 年 4 月第 1 次印刷

京权图字：01–2023–1211　　书号：ISBN 978–7–5217–5045–4

定价：59.00 元

服务热线：400–600–8099

投稿邮箱：author@citicpub.com

致十年来所有帮助过我的大夫、治疗师
致日夜陪伴我、支持我的人生主治医师
——我的丈夫，托尼·查鲁瓦斯特拉

生病是如此平常，对我们的精神能造成如此大的影响，当健康之光暗淡时，所暴露出的未知地带如此骇人……生病在文学中没能成为像爱、斗争和嫉妒一样的主题，真是奇怪。

——弗吉尼亚·伍尔夫《论生病》，1926

有时你因心生喜悦而微笑，有时你亦因微笑而心生喜悦。

——一行禅师

目录

1. 双胞胎

10年前，我脸上的笑容离我而去，游弋在外面的世界。这个故事，不仅仅是在讲述我如何历经千辛万苦找回微笑，也是在讲述我如何与自己和解，让身体遵从自己的本心。

生命的诞生往往意味着希望，我的故事就是从期待新生命的到来开始的。那天，我穿着松垮的睡袍躺在病床上，肚皮上涂着凉凉的耦合剂，医生正在仔细地给我做超声检查，看看我是否已怀孕。我已经有一个3岁的女儿，正期待着第二个孩子的到来。与此同时，5个月后我创作的戏剧将在百老汇上演，这两件关乎“诞生”的大事接踵而至，让我感觉有些紧张。

突然，医生指着屏幕说：“你知道那是什么吗？”

“什么？”我说。

瞬间，上次失败的怀孕经历在我的脑海闪现，那次就是在做超声检查的时候，产科医生告诉我，胎儿看起来不太对劲，可能撑不了多久。

“不过，嗯，不要出去喝酒，”医生用一种不是玩笑的语气接着说，“我的意思是，要以防万一。”

“嗯，别担心。”我说。特别想知道是什么让她觉得我会出去喝酒，浪费那个周末。

所以这次，我躺在那里，紧张至极，害怕最坏的情况发生。医生指着我看不见的屏幕说：“看！有动静，有心跳。”

我心想，有心跳很好啊！为什么医生皱着眉头，是有什么问题吗？是感到惊讶吗？哦，等等，她又高兴了吗？

“您做过生育治疗吗？”她问。

“没有。”我说。

“嗯，”她说，“您怀了双胞胎。”

“哦！”我说。

“您家有双胞胎的基因？”

“没有。”我还处在震惊中不能自已，试图唤回自己。

“您可以去候诊室了，”她说，“我给您列一份新的医院名录，您现在是高危孕妇，不能再在我们这里做产检了。”

事情一时让我接受不了——我现在怀了两个宝宝，又被认定为高危孕妇，而且他们担心我因此会患上先兆子痫（一种孕期疾病），想让我尽快离开他们的办公室，以免连累他们。

我穿好衣服，独自去赴约。本来我跟先生约好了午饭后见面，如果胎儿正常，那么可以庆祝一下，如果不正常，还可以互相安慰一下。然而现在，我一个人茫然不知所措，只想立即把这个消息告诉我的先生——托尼。但是，这么重要的消息在电话里说显得有点不正常，还是当面讲比较好。

我压抑着自己的情绪，给托尼发了一条消息："我们不去莱斯了，去格拉梅西餐厅。"

"双胞胎？"他问。

由于格拉梅西餐厅中午闭店，托尼和我只好按原计划去了莱斯。我们俩都为我怀上双胞胎而震惊，托尼的原生家庭有三个孩子，一直梦想着我们也有三个孩子，所以他在震惊之余，喜悦之情也溢于言表。而我的原生家庭只有两个孩子，所以我更希望有两个孩子。

之前读过艾丽斯·沃克的文章，她在一篇文章中说如果女作家还想继续创作，只要一个孩子就可以了："有一个孩子，你还可以继续工作，有两个以上，你就只能当全职妈妈了。"从这点上说，我甚至希望只有一个孩子。吃午饭的时候，我跟托尼说做检查时想起了那次失败的怀孕经历，还讨论了怎么抚养三个孩子。我告诉他我的担忧：一是怕我的身体承受不了，二是怕我再也不能写作了。但他对我的体力和脑力都充满信心。吃完饭，我得到了一盒幸运饼干，打开一看，上面写着：“释放内在，才能拯救自己。”

对于我怀双胞胎这个消息，每个人似乎都非常开心，我却要被压垮了。在书店看书的时候，读到多胞胎的章节，看到喂养三胞胎的图片，我都会觉得非常不舒服，实在不想再往下看。更让我难受的是，我仿佛马上要从独立女性变成奶牛了，除了哺乳就是换尿布。我真担心我不再有精力照顾3岁的女儿安娜，我更担心我的身体无法承受同时孕育两个宝宝的辛苦，我甚至担心靠我写作也养不活三个孩子。

我打电话告诉我母亲这个消息，并问道：“怎么会有双胞胎？”我有点困惑。

母亲停顿了一下，说：“嗯，你的姑姥姥劳拉就生了双胞胎。”

“为什么我不知道？”

“他们夭折了。”她说。

双胞胎的基因来自母亲那边，隔代遗传给我。可怜的姑姥姥劳拉，失去孩子的时候该是多么伤心欲绝。在20世纪50年代，她把孩子埋葬在艾奥瓦州平原上的某个地方之后，就再也没有说起过他们。他们的坟墓上恐怕早已长满了青草。不知道姑姥姥有没有给他们起过名字，因为她早已去世，我也无从得知了。在我怀孕的日子里，这对夭折的双胞胎形象想必会在我脑海中挥之不去。

当我告诉朋友们我怀了双胞胎的时候，我不知道该哭还是该笑。我亲爱的朋友凯瑟琳，是一位来自爱尔兰天主教家庭的剧作家，她安慰我说："我喜欢大家庭，相比之下，小家庭太无聊了。"凯瑟琳有两个女儿，她跟我分享了各种培养孩子的经验，比如教她们使用便盆，还有为了各种事情发脾气。她经常安慰自己的一句话是"我确信这只是一个阶段"。我这个惊天动地的消息对她来说也变得很简单，"我会帮你的"。我相信她会的。

怀孕后的3个月，也是担惊受怕的3个月。在科德角，我拜访了前编剧老师宝拉·沃格尔和她的伴侣安妮·福斯托·斯特林，后者是一位著名的女权主义生物学家。她们说："快来吧，我们正要烤鱼呢，放轻松，我们会照顾好你的。"我当编剧很大程度上是因为宝拉。她有着战斗中将军的勇猛，街头表演者的欢乐和幽默，以及母亲般的温柔。那个星期，她用纸巾做成小人给安娜玩。安娜高兴极了。我沉默着。宝拉注意到我，并问"怎么了？"。她的眼神仿佛有魔力，吸引着我。

"我还会再写作吗？"我问她。

“当然会。”她笃定地说。我看着大海，想起几年前宝拉就秉持这个观点。那时，宝拉邀请她的研究生们到她位于科德角的家，让我们站在窗前看窗外风景，然后像念咒语一样对我们说，这样的风景就是她通过写作换来的。

那个秋天，我的第一部百老汇剧本就要排练了；可我不仅怀孕了，还怀了双胞胎。多么幸运，多么满足。得到这么多，为什么我不高兴呢？

我又想到了那盒幸运饼干：“释放内在，才能拯救自己。”

难道说如果我不放弃这两个孩子，我会有性命之忧？

或者意味着某些更玄妙的东西？

怀孕期间我一直想，我的孩子怎么可能救我的命？

这个问题我花了10年时间才搞清楚。

2. 开幕之夜

那年秋天，我正在林肯研究中心的排练室看我编导的话剧《隔壁房间》（*In the Next Room, or the Vibrator Play*），一边看着演员排练一边吃着零食，我只能把明显的孕肚藏在排练桌下面。真希望演员们能休息两个小时，我好抽空去个卫生间或者多买点吃的，让他们觉得我只是看起来胖了点而已，并没有怀孕。我都不知道将来有了三个4岁以下的孩子后，还能不能坐在排练桌前。

我穿了一件绿色的宽松毛衣，看着有点另类，合影的时候我把胳膊搭在一位靓丽而苗条的女演员腰上，她的腰如此之细，感觉我的胳膊能绕她的腰两圈，然后对着镜头微笑。

一般来说，在任何剧目首演前一个星期，剧作家都会紧张。但是在纽约的百老汇——这个全世界最好的演员、剧作家、导

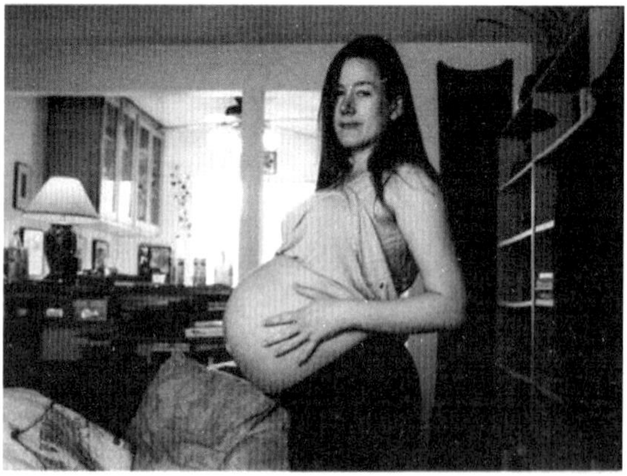

怀孕中的我

演都梦想登上的舞台，其氛围让你几乎没有紧张的时间。再加上我怀着双胞胎，注意力总是在胎儿身上，不时感觉他们会从肚子里出来似的，孕早期像孕中期，孕中期像孕晚期，这种感觉像得了间歇性精神病。

首演前的一周，我正忙着接受采访，记者们对舞台上的裸体表演提出了很多问题。这部剧讲的是两性婚姻以及人与人之间的亲密关系。在剧中，19 世纪的维多利亚时代，一名带着孩子的离异女士嫁给了一位医生，在那个电力刚刚兴起的年代，他会用新发明的电动振动棒来治愈歇斯底里的女人。他的妻子虽然没有到歇斯底里的程度，但是她希望她的丈夫能治愈她。在剧情结尾，医生赤身裸体地躺在雪地里。整部剧中，她的丈夫都没怎么见过她，而在结尾，丈夫看见了妻子，妻子也看见了丈夫。

非常奇怪，为什么记者独独对这么一段男士裸露在外的情节感兴趣。为什么聚焦在裸体上呢？记者跟我说裸体的视觉冲击是“直击灵魂”的，而且“挥之不去”。这种反应让我困惑至极，尤其这是在纽约。记者为什么会对男性裸体感到震惊？他们对女性裸体也会震惊吗？他们注意过女性裸体吗？女性裸体就像一个完美的注脚，而男性裸体却能引来轰动。我们在舞台上不常看到男性裸体，更没有透过女性视角看男性裸体的经验。

★ ★ ★

在最后一周排练的时候，为了体验更多的观看视角，我第一次坐在右边观众席上，而不是像往常一样在舞台左边的房间里。从观众席这个位置观看最后一段女主角独白的时候，男主角吉文斯医生完全裸露在观众的视野里。在原来左边的房间，我连男主角的影子都看不到。确实，从这个角度而言，在戏剧的最后时刻，男主角简直万众瞩目。

当女主角向我抱怨观众都被男主角的裸体吸引，没人听她独白的时候，我想是时候改变一下舞台布局了。

作为编导，我正从偏头痛中恢复理智，看看如何遮挡一下观众的视线。

我打电话给我钟爱的男主角迈克尔·瑟沃瑞斯，告诉他女主角觉得他太抢镜了，影响到舞台效果了。

第二天，我冲进排练室，想调整一下男主角面对观众时的视角，舞台经理严肃地跟我说，让我回家休息。我难以置信，“戏剧首演迫在眉睫，而我应该休息到开幕那天吗？”

“是的。”他说，“回去休息。”

整个星期，我严阵以待，孤注一掷，焦虑不安。

在开幕之夜，我穿了一件深蓝色的孕妇装，像斗篷一样，

领子上有闪烁的亮片。

我的母亲、婆婆、托尼与我一起到了纽约百老汇的莱塞姆剧院，百老汇的灯光绚丽耀眼。我大腹便便地挤在剧院的座位里。最终，男主角面对观众的角度并没有变，不过他是那么美好、坦诚、无所畏惧。我终于安全度过了开幕之夜，却没有喝一口香槟来庆祝一下。

晚宴后，我们得知戏剧的反响很好，一致评价完美无缺，大家都欣喜若狂，主角们更是热血沸腾。

开幕之夜后的第二天，我发现我流血了。在怀孕的时候绝不想看到血的地方流血了。我记得之前流产的时候写过一句话，这句话此刻冲进我的脑海中，像一句悲伤的咒语：

> 每个月，女人都要经历流血，她们已习以为常。女人私处流血像个动物，男人公开流血像个王者。

我打电话给医生，告诉他我流血了。“待在家里。”医生说。

“待在家里？”我疑惑地问。

是的，接下来的4个月都要待在家里，躺在床上。

3. 卧床的日子

这是我怀孕期间非常无聊和无序的一段时光，虽然厌恶和抗拒但又不得不接受。这段时间，本来我计划学习希腊语，打算在床上阅读马塞尔·普鲁斯特的所有作品。然而，我却开始在手机上看《暮光之城》系列电子书，任由时光流逝却忘了原本的计划。

我还让前来探望我的朋友给我带些书来，结果他们都兴高采烈地带来成包、成捆、成袋的书。当我翻开他们送来的书，感觉所有的书似乎都与双胞胎死亡有关。比如，《小杜丽》写到死去的双胞胎。伊恩·麦克尤恩的一本书也提到死去的双胞胎，于是我把这样的书都扔了。我想知道为什么有些作家对死去的双胞胎和死去的母亲这样的文学桥段如此痴迷。

有时我会对前一年的流产经历感到沮丧。那天我和安娜一起参加亲子活动，老觉得身上有股怪味儿。当时已经参加完活动了，我才发现是大斋首日（圣灰星期三），因为路上遇到了好几个额头上涂着棕枝灰的人。我仍清楚记得我是怎么回家的，到家后我放下东西，突然感觉到身体里有一种奇怪的拉力，然后大叫道："哦！"赶紧去了浴室，血让我明白发生了什么，之后流出了更多的血。

那一周，我满怀悲痛，为了让自己开心，我不停地看《我为喜剧狂》。流产使我的身体流失了很多铁元素，为了补充铁元素，我吃了尽可能多的牛肉饺子。最终，我又试着怀孕了。关于流产的事我几乎没有告诉别人。当我这么封闭自己的时候，我发现很多流产的女性朋友和我一样。为什么我们不向彼此倾诉？为什么我们要隐藏自己的悲伤？是迷信吗？是隐私吗？还是觉得羞耻呢？

现在，在床上休息时我用蹩脚的编织手艺试着织了一条小毯子，小得连最小的婴儿都盖不住，更别说双胞胎了。我女儿的幼儿园生活还是一如往常地欢天喜地，而且需要我作为志愿者为幼儿园的情人节活动裁剪心形纸。他们给我寄了一个小包裹，里面有剪刀和手工纸。于是我拿出一把小剪刀，沿着老师画出的心形线，整天都在床上裁剪心形纸——粉色的、紫色的、洋红色的，真的感谢这个任务，看到这些作品，我感到非常骄傲。

我为没有极其珍惜在床上的宝贵空闲时间而感到内疚（大多数忙碌的人不都幻想着躺在床上度过一段时间吗？）。但我越是无所事事，整个时间概念也就越失去了所有的意义和价值。我在想哪个更有意义，是时间的价值还是时间的长度？如果你住在纽约，你可能会发现自己在地铁售票机前，手忙脚乱、恍恍惚惚，或两者兼而有之地盯着售票机上“充值”或“充时”这两个词。在卧床休息之前，我常刷的地铁卡经常会显示“余额不足”，然后所有选择就摆在我面前：充值或充时。

我总是被这两种选择弄糊涂，它们总是闪烁着存在的意义：我更喜欢价值还是更喜欢时间？但时间不就是价值吗？能不能把它们都给我？我在地铁一辆辆经过的时候思考：价值或时间，价值或时间，时间或价值……

然而，不变的是，我总是选择价值而不是时间，因为我经常弄丢东西，我担心如果我买一张月卡（时间），我可能又会弄丢。最后，我害怕失去时间，所以我选择价值。

★ ★ ★

哦，那几天我睡得多好啊。最好的怀孕小憩（这样的小憩也可以适用于不怀孕的时候）就像烤吐司一样：朝这边小睡了一个小时，翻身，朝那边再小睡一个小时，直到睡得饱饱的。

通过小憩，我把一天一分为二，就像把一个成熟的油梨切成两半。午睡把一天分为两部分：已经做了什么和还要做什么。如果没有什么要做的，它把一天分为过去的时间和将要过去的时间，这样就不会感到空虚无聊了。

我的睡眠模式变成了白天的模式，远离了外面所有有事要处理的人。一些美国人称短暂的小睡为“充电小憩”，因为他们认为这种小睡一定能达到某种强大的效果。同样是这些美国人，他们把散步称为“赋能散步”，多么愚蠢的概念啊！小憩和散步也许很有能量，但它们真正的能量在于为当下服务。

我很想让《瑞普·凡·温克尔》（美国作家华盛顿·欧文的短篇小说）中穿越的情景在我睡醒之后实现。我可以睡觉、睡很久，睡到胡子都长出来了，醒来发现自己被婴儿包围。但还有大约 90 天的时间才到预产期。时间似乎停滞了，它似乎失去了所有的价值，但事实上它还在流逝。

那年 12 月，我有一段时间没有流血，但仍然担心胎儿能否活到足月，以及自己的身心能否完好无损。到了孕中期，感觉我的肚子就要从我的身体里掉下去似的；到了孕晚期，这种垂坠感更加强烈。你说，这没道理啊，空虚怎么能从空虚中消失？确实如此。

安娜和我一起爬上床，玩跳跃游戏。我读了伊丽莎白·毕肖普与罗伯特·洛威尔的信，其中没有双胞胎死亡的情节。我喜欢毕肖普的克制和洛威尔的豪放，我喜欢他们各自孤独的边界，以及他们如何跨越边界来寻找对方，我觉得这会是一出好戏。我读了《暮光之城》，试图摆脱孤独。在过去和将来之间有一道鸿沟，这是我在这个世界上一直思考的。在我思考这些的时候，3 岁的安娜肯定不会思考她会成为什么样的人，我们 3 岁的时候也不会思考我们会成为什么样的人……

那年冬天的第一场雪来了。安娜和托尼出去玩，堆了一个白雪天使。我从窗户望着。他们把雪收集在一个紫色塑料桶里，然后把它倒入热的洗澡水中，看着雪慢慢融化。

卧床休息法受到了约翰·希尔顿于 1863 年出版的《休息与痛苦》一书的影响，他提倡通过休息来治疗各种疾病：心脏病、癔症、溃疡和怀孕。在 19 世纪之前，怀孕并不被认为是一种疾病。在希尔顿的影响下，维多利亚时代富裕的孕妇经常被安排卧床休息——当她们有孕期表征的时候就开始足不出户。

卧床休息的妇女有一半会感到抑郁，这个数据很清楚，而卧床休息的孕妇更容易患产后抑郁。尽管许多妇女会有骨密度下降和肌肉萎缩等症状，但仍有五分之一的美国妇女在某些时候被规定要卧床休息。没有数据证明卧床休息是一种成功的干预措施，2018 年的一篇报告指出，“卧床休息似乎不能降低早产率，不应作为常规疗法推荐”。2013 年一项关于卧床休息的研究报告指出，“不必要的干预措施，如卧床休息，可能会使患者（有时是医疗保健提供者）感到所有的努力都是为了‘挽救’怀孕”。卧床休息的妇女超过一半称患有抑郁，尽管怀孕期间卧床休息在保护胎儿发育方面存在争议，但医生仍然让我们卧床休息。

在维多利亚时代，卧床休息与治疗癔症女性的“休息疗法”相似。作家夏洛特 · 帕金斯 · 吉尔曼曾经采用过“休息疗法”，她在 1892 年出版的《黄色壁纸》一书中描写了自己的治疗经历。在她的短篇小说中，一个女人被要求躺在床上以使自己的大脑不必处于紧张状态，但从治疗一开始，她就变得越来越疯狂，死死盯着墙上的图案。过了一会儿，她觉得墙纸好像动了。躺在床上的女人想：“我终于发现了什么——前面的图案真的动了，难怪！壁纸后面有女人在摇晃它！”

人们可以想象，壁纸中的所有女人都代表着所有因为一种治疗而慢慢发疯的女人，这种治疗对大多数女性来说肯定比诊断更糟。严厉的“休息疗法”使19世纪的振动疗法（在患者身体中产生阵发性发作）看起来令人愉快。有人认为，在电刚开始应用的时候，多达三分之二的妇女可以受益于振动疗法，我觉得很搞笑。毫无疑问，这三分之二的女性没有得癔症，但她们可能确实从这种治疗中获益。

吉尔曼写《黄色壁纸》是对塞拉斯·韦尔·米切尔——让吉尔曼进行休息治疗的著名医生的控诉。神经科医生米切尔在1877年出版的《脂肪和血液：如何制造脂肪和血液》（*Fat and Blood: And How to Make Them*）一书中提出，现代工业生活导致人们“生活节奏太快”，他们的神经因此受到损害。在他的提议下，男人们被要求去西部砍柴、牧牛，女人们被要求卧床睡觉、停止阅读、喝牛奶。在6~8周的时间里，这些妇女被隔离于世界之外，不能阅读或写作，并且在仰卧时被用勺子喂食，生活能力降到婴儿的水平。

米切尔的一个同事给另一位作家弗吉尼亚·伍尔夫实施了“休息疗法”。有人能想象出比告诉她不要写作更能让作家发疯的方法吗？对于像伍尔夫这样的天才作家来说，不写作和不阅读的治疗一定是一种残酷的折磨。伍尔夫在《达洛维夫人》中把“休息疗法”描写成给塞普蒂默斯·史密斯——一名受过战争创伤的人开的治疗处方：命令他卧床休息，独自静养，安静休息，其间不会见朋友、不读书、不通信息；休息 6 个星期，直到患者的体重从进院时的 48 千克增加到 76 千克。

当医生们意识到“休息疗法”并不能帮助“二战”中受创伤的退伍军人恢复力量时，“休息疗法”最终被搁置了。相反，它对他们的身心都造成了严重的破坏。奇怪的是，发明“休息疗法”的那个人是现代神经学之父。

孕妇的“休息疗法”和卧床休息都起源于维多利亚时期，主要由男性为女性开处方。讽刺的是，当我在百老汇上演关于歇斯底里的维多利亚时代女性的戏剧时，我却在家里过着维多利亚时代迷迷糊糊的孕妇卧床生活。不管怎样，我对怀孕的恐惧总是有点维多利亚式的。

在我第一次怀孕的时候，我参加了加利福尼亚州圣莫尼卡的一个分娩班，为接下来的事情做准备。我们所有的孕妇围成一圈，主持人问我们在分娩过程中最害怕的是什么。分娩班上的女性看起来很健美，就像练过瑜伽或者研究过催眠疗法一样。

大多数女人说的都是这样的：我害怕撕裂，我害怕我的生育计划出错，我害怕剖宫产，我害怕硬膜外麻醉，我害怕我不能把一支有香味的蜡烛带到分娩中心……轮到我时，我说：“我怕死。”

这个小组的组长神色一怔，其他孕妇把目光移向别处。显然，她们很少听到这样的回答。我想，难道是我读过太多维多利亚时代的小说或关于产妇死亡率的文章吗？难道她们不知道过去 25 年来美国的产妇死亡率是如何上升的吗？房间里的大多数女人都是白人。但是，难道她们不知道这个国家黑人产妇的死亡率是白人产妇的三到四倍吗？这难道不让她们害怕吗？我们不应该讨论一下吗？我们不应该上街抗议吗？

难道这些女人的朋友在生完孩子后没发生特别奇怪的事情吗？就像我的朋友雪莉，她是一个单身母亲，在分娩后的第二天突然不能走路，因为她得了耻骨联合功能障碍——骨盆在分娩时错位，然后一个月不能走路（她碰巧住在 6 层）。我另外一个朋友克莱尔，她在怀孕期间得了肺栓塞，再晚几分钟抢救就会失去生命。我还有一个朋友亚历山德拉，她是一位职业舞蹈家，生完孩子后，得了足下垂，一只脚软绵绵地跛了几个月。我的姐姐凯特从医院回来后，剖宫产伤口裂开了，伤口是绿色的，感染了抗甲氧西林金黄色葡萄球菌（MRSA），这是一种危及生命的葡萄球菌感染。

但你不应该向孕妇提及任何可怕的事情。这似乎形成了某种默契，长辈们不会告诉年轻女性怀孕分娩的所有可能结果。

无论如何，在圣莫尼卡的分娩班上，有着瑜伽调调的妇女们把话题从死亡转移到了其他方面，我们都开始谈论生育计划，在我看来，这简直自相矛盾。

另外，我可以向你保证，特别是如果你正在读这本书并且是孕妇的话——以上提到的所有故事的结局都是好的。她们当中每一个人的结局都是好的。

卧床休息的第二个月，我在床上给未来的孩子们写信。

亲爱的孩子们：

我现在知道你们一个是男孩，一个是女孩。现在女孩体重是男孩的1.1倍，你们两个都超过了1千克，而男孩会先出来，因为他头朝下。我做了一个梦，男孩已经生出来了，但女孩还待在里面；男孩不想母乳喂养，而要吃香肠和奶酪，我对他的语言能力印象深刻。我一直在休息和看书，希望你们在里面至少再待几个月。大多数人都是自己一个人来到这个世界，但你们会（但愿有这种好运）一起来到这个世界。我希望你们俩在一起能感到安全和舒适。

爱你们，妈妈

亲爱的孩子们：

我周一被告知宫颈已经打开了1.5厘米，所以他们让我去医院检查宫缩。我没有太多宫缩，所以他们又把我送回家，让我多休息。你们两个马上就要来到这个世界了。我在家里看书，看电影，还在拼字游戏中被你们的父亲打败了。新年来了。我至少要再休息10天，这样你们的小肺才能发育好，好吗？安娜不停地问："你觉得他们会是什么样子？"她对我的肚子说："你们长什么样？"然后她说："嗯，也许等他们出来就知道了。"我爱你们，小宝贝们，但煎熬仍在继续。

爱你们，妈妈

亲爱的孩子们：

我正在努力学习编织。我在努力保持忙碌。你们已经在子宫中往下运动了。现在是1月，外面很冷。你们会是摩羯座、水瓶座还是双鱼座呢？你们的姐姐迫不及待地想见到你们。星期一就到32周了，这会让我感觉轻松，但最好等到36周，你们不这么觉得吗？

爱你们，妈妈

我也给安娜写了信。

亲爱的安娜：

你编了个滑稽可笑的笑话。你为男孩和女孩吻我的肚子，你问我："你认为他们在里面交谈吗？小朋友们，你们在里面交谈吗？"你说"便便"和"专心"，然后捧腹大笑。你去打针没有哭。你在我腿上涂了乳液。你拍着我的肚子说你很担心婴儿在那里蠕动，你必须保护我。你对弟弟妹妹的到来感到兴奋，不停地问他们什么时候来。你说你会喂他们，会给他们穿衣服，做个好姐姐。

爱你，妈妈

当我不写信时，一直在寻找合适的书来阅读，大部分书读了 10 页之后就放弃了。我害怕流血、早产和失去孩子。我也害怕不可避免地改变自我。

我不能冒险下床去看我的戏剧，但我可以阅读由舞台经理写出来的原汁原味的表演报告。在某种程度上，我不能到现场看我的戏剧让人沮丧；但从另一种意义上来说，剧作家的职责在戏剧开演的那一刻得以延伸。戏剧一旦开演了，演员们通过表演为观众传递戏剧精神，而剧作家再也没有什么可做的了，剧作家就变得毫无用处。

托尼和我给我们的双胞胎起了名字。中间名是向祖先致敬：帕特里克代表我父亲，他在我20岁时去世了；伊丽莎白代表托尼的母亲。名字的来历是：我们是在普罗维登斯的罗得岛威廉姆斯街和霍普街的十字路口相遇的，所以给这对双胞胎取名为威廉和霍普。

4. 周身发痒

怀孕大约 25 周时，我开始浑身发痒。第一次发痒是从一天下午开始的，起初是手和脚，到了晚上浑身都痒。我想了很多办法止痒，抹乳液、开加湿器，但还是痒得受不了，我只能不停地挠我自己。我甚至用了苯海拉明（一种用于治疗过敏性疾病的药物），也没有任何作用。最后我只能冰敷。这种痒非常不寻常，使我想起让–保尔 · 马拉[①]泡在浴缸中用冷水止痒。我现在就像马拉一样，为了舒服一点，大部分时间在冲凉水澡，半夜我也要冲一下。一旦不冲洗就会痒。我用又凉又湿的浴巾裹住自己，只要不裹就痒。

我给医生打电话咨询。医生说有些孕妇会患瘙痒症，还说

---

① 让–保尔 · 马拉，法国革命家，得了一种神秘的皮肤病，浑身发痒疼痛，整天待在冷水浴缸里缓解病情，最后在浴缸中被刺杀。

这很常见。他说“痒”的时候，轻描淡写，事不关己。我在网络上搜索了一下，竟然找到www.itchymoms.com这样一个网站，在这个网站上我了解到胆汁淤积可能会引起瘙痒，由于胆汁在毛细血管内淤积，从而使血液受到污染，就会引起皮肤瘙痒。更要命的是，胆汁淤积可能会使胎儿有生命危险，我想我一定是得了这种病。

于是，我赶紧去医院找了我的主治医生问诊，他非常确定我不是因胆汁淤积而发痒。“这个病非常罕见。”他说。

“但我的症状跟这个病非常吻合。”我说。

“你怎么知道？”他问。

“我在一个网站上查到的。”我说。

一般来说，医生对于患者在网上查询自己的症状而引起的焦虑不以为然。但是他还是耐着性子说“可以帮你验一下血”，以便让我相信没有得这种病。

在我回家等待验血结果的时候，浑身又痒了起来。我先生找了一位技艺高超的催眠师朋友给我进行电话催眠，那真是美妙的一个小时，他让我相信我不痒了。可是催眠一结束，瘙痒马上又发作了。

我想到了艾奥瓦州的姑姥姥劳拉和她夭折的孩子们。据说胆汁淤积是会遗传的，概率大约是千分之一，而且对于具有双胞胎基因的女人尤为常见。治疗办法就是分娩。我了解到朝鲜蓟对缓解这种瘙痒症有用，便吃了很多朝鲜蓟。每天一起床，我就开始煮洋蓟，把煮熟的洋蓟叶子用奶油拌一拌，非常好吃，但并不起什么作用，我身上还是痒。

一个星期后，我的检测报告终于出来了，检测结果不出我所料，显示胆汁淤积阳性。医生在看检测报告的时候，我看到的不是医生迁就焦虑患者的宽容、善良的面孔，而是出色的医生严肃和怜悯的面孔，仿佛要我做出生死抉择。

他们斩钉截铁地说："记住，每三天，我们都要给你做一次超声检查，来确认胎动正常，但我们不能保证在此期间胎儿不会夭折。"（他们把婴儿换成胎儿，我有种说不出来的感觉。）他们是想让我明白，他们不敢保证胎儿还能不能成长为婴儿，更不敢保证一切都好。

所以，从第26周起，每三天我都要挺着大肚子挣扎着打车去医院做超声检查，看看我的宝宝是否活着。

每三天，医生在我的肚皮上涂抹耦合剂，面无表情地用探棒在我的肚皮上摸索。看到屏幕上宝宝在动，我的心都要跳出来了。如果他们睡着了，医生会轻轻拍我的肚子把他们叫醒。胎儿B比胎儿A多动。我能感到胎儿A的手轻轻地划过我的腹部，胎儿B则是在腹中绕圈运动。医生提醒我，如果我感受不到他们的动作了，就要赶紧到医院分娩。

我每天躺在床上，唯一能做的就是等着他们在我的肚子里动一动。动就意味着他们还活着。对我来说，没有患任何病却卧床意味着浪费时间，我带着对胆汁淤积的焦虑卧床休息，还被告知除非房子着火否则什么都不能干。谢天谢地，《暮光之城》系列电子书还有一本没读完。而且，《暮光之城》中的孩子是吸血鬼。他们已经死了，也就是说得到了永生。

我时时刻刻都关注着腹中双胞胎的某一个身体部位的运动，手也好、脚也好。四手四脚在一个肚子里，还真有点哥特式的感觉。提到哥特式，我也将注意力从维多利亚式婚姻观转移到哥特式的小说情节上。玛丽·雪莱在写《弗兰肯斯坦》时也在怀孕。不仅如此，她还失去了一个早产的婴儿，导致后来的学者们把这个故事比喻为分娩以及随之而来的所有恐惧。

离 36 周还有两天时，我的症状急剧变化，血液检测显示我的胆汁水平升高。半夜，我坐在浴室地板上，裹着湿冷的浴巾，给医生打电话，我害怕血液中升高的胆汁水平引发胎儿中毒。

医生说第二天给我做一个羊膜穿刺术，看看胎儿的肺部是否发育良好，能不能早点分娩。第二天，我和托尼去了医院，我大腹便便地躺在病床上，托尼紧紧握着我的手。我看到一根很大的穿刺针离我越来越近。怀孕期间我最不想做的就是羊膜穿刺术。当医生把长长的针刺入胎儿B的时候，我移开了视线，那是女孩，女孩的肺比男孩的发育得快。这个时期羊膜穿刺术容易引起早产，我们小心翼翼地回到家等结果。

第二天早晨，医生打来电话说女孩的肺还没有发育完全，更不用说男孩了。医生们现在也是陷入了两难，既怕胎儿中毒，又怕早产引发呼吸系统的危险。

医生给我开了些帮助胎儿肺发育更快的类固醇注射液，托尼在家给我注射。我们等着胎儿发育快一些。在这期间我还是痒。

两天后的一个夜晚，医生说我们等的时间足够长了，让我们去医院。他说没有床位，让我谎称感觉不到胎动，以便能争取到一张病床。我真不想这么说，但是为了床位，还是说了。

等我们到的时候，医生问："准备怎么生？"

"把他们拿出来就行。"我说。

他说："我很乐意给您做剖宫产，可是胎儿A是头位，胎儿B是臀位，非常适合顺产，而且您已经生过一个约4千克的婴儿（安娜是个巨大胎儿）。"

我说："我已经卧床3个月了，自己生两个孩子太累了。"

他说："生出来一个就好，另外一个交给我；胎儿A已经在前面开路了，我拉着胎儿B的腿就出来了。”

“好吧，你要这么说我就自己生吧。”我说。此刻我已经把这个医生看作我的救世主——丛林里的超级英雄。他甚至拿了一份研究报告出来，以便让我们了解我这种情况顺产更安全。他是一个学者、一个助产士、一个外科医生，我筋疲力尽，几乎全身心地依赖他。

我打了硬膜外麻醉，医生让我抱着他的腰以减少我的颤抖，这样他能更快地找准位置。我很感激地搂着他，然后医生给我打了催产素。我丈夫和我在电视上看篮球。我从来不看篮球。为什么我们要看篮球？到了午夜，医生把我们送进了手术室。以防万一，所有人都进去了。

医生开始放他的“分娩歌单”，我想是以《美国女人》开头的，我盯着我先生的脸，用力将男婴威廉从腹中推了出来。我听到了婴儿的哭声。

“他好吗？好吗？”

“很好，很完美。”

然后，医生像之前承诺的一样，拉着女婴霍普的腿，把她拽了出来。

“她好吗？”

“很好，很完美。”

护士把霍普和威廉并排放在婴儿床上，仔细检查他们。护士告诉我，两个小婴儿正手拉着手。在他们还没有跟爸爸或妈妈牵手之前，他们已互相牵着对方的手了。

我开始颤抖。医生说是时候把胎盘拿出来了，我已经忘了还有胎盘。不敢相信还有一个东西要从我的肚子里出来。胎盘拿出来了。我抖得很厉害，牙齿直打战。从来没有人告诉我，分娩后会因为剧烈的激素波动而颤抖，这是正常的。

然后护士把两个小婴儿放在我身上，我的颤抖也停止了。他们用轮床推着我到走廊里，我开始给两个婴儿哺乳，一边一个。

到了夜里护士过来扶我上床。她把我翻到床上的时候，说我的分娩伤口需要一段时间恢复。她的声音里更多的是果断而非同情，在把我翻到床上的时候，我感受到她的手非常粗糙。

当天晚上，我在睡觉的间隙，一直努力给孩子喂奶。霍普，较大那个（体重约 3 千克）贪婪地吮吸着；而威廉，太小了（体重约 2.5 千克）经常吸不住，或者吸着的时候睡着了。

第二天早上，我的朋友凯瑟琳带着新鲜的蓝莓来医院看我。我太饿了，我觉得蓝莓简直是这世界上最美味的食物，我吃了一把又一把。我当时已经精疲力竭，但是非常高兴，就是如下图这样。

托尼和安娜在医院陪我

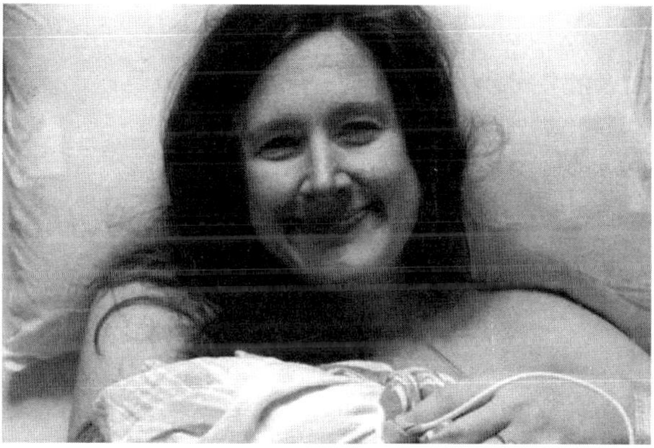

刚刚分娩后的我

5. 特发性面神经麻痹

第二天，哺乳顾问来查看我的哺乳方式是否正确，我母亲抱着一个婴儿坐在旁边，我正在给另外一个哺乳。她耐心地教我怎么同时给两个孩子哺乳：像抱足球那样……那样很棘手……她教了很多方法，可是我都没记住。

之后哺乳顾问奇怪地看着我，说："你的眼睛看起来有点往下垂。"

为了让她收回显然错误的判断和对我外表的评论，我调侃道："是的，我的眼睛是有点下垂。"我又确定地说："我是爱尔兰人。我的祖先大部分在喝了一两杯杜松子酒和奎宁水之后，就会看起来很困倦，他们的新月形眼睛就会眯成一条缝，而且看起来很沉重。"

"我不是这个意思，"她温柔而坚定地说，"去照照镜子吧！"

我到卫生间去照镜子，左脸耷拉着，眉毛耷拉着，眼睑耷拉着，嘴唇耷拉着，整个脸好像都僵住不动了。我惊恐万分，难道我患了脑卒中？照镜子之前我并没有感到脸有什么异样。照镜子前，我还是那个我，照镜子后，怎么就完全不同了呢？

我试着动一下我的脸，动不了。像完美切割的木偶脸一样，一边能动，一边不能动。我跑出卫生间，母亲看到我的脸很惊讶。我打电话给我的先生，告诉他我的左脸不能动了。他遇事总是异常沉着冷静（我之前有提过他是医生吗），他让我立即给产科医生打电话，他打给神经科医生。然后他说，“我 10 分钟就到”。

托尼是儿童精神科医生，是那种人们遇到紧急情况需要帮助的时候第一个想到的人，邻居、朋友甚至陌生人都跟我说，他的热情把他们的日子都点亮了，而且他是一个很好的聆听者。虽然他在电话那头的声音很平静，但我知道他认为我可能患脑卒中了。我是一个医生的孙女，一个医生的妹妹，两个医生的侄女，还是一个医生的妻子，所以我推测我要么是患了脑卒中，要么是得了特发性面神经麻痹。我虽然不擅长科学，但我有这方面的天赋。

也许更为重要的原因是，我母亲在她 50 岁左右得过特发性面神经麻痹，所以我和她都知道，这种病是什么样的。

一位神经科医生过来了，一个在那之后我逐渐鄙视的人，虽然他当时足够善良仁慈。他让我试着扬起眉毛，我可以扬起一边，另一边不行。他问我左耳能不能听到铃声，当我说左耳可以听到的时候，他似乎舒了一口气。他的结论是我得了特发性面神经麻痹。

显然，脑卒中的人可以抬起额头，但是不能笑或者张开嘴，而特发性面神经麻痹不能抬起额头。特发性面神经麻痹患者听力会减弱，听到的声音很小，或者突然恢复正常，就会觉得声音嘈杂难忍。

我问这位神经科医生特发性面神经麻痹能否完全恢复，他说有时能有时不能，他也不确定。这个结论显然不会让人感到一丝欣慰。但庆幸的是，我没有患脑卒中，还是松了一口气。这位身材矮小、高效的医生给我开了类固醇处方，给了简短的治疗建议后离开了房间。

托尼赶到的时候，所有的医生都离开了。此时我们的双胞胎在育婴房里，除了我和先生没有别人，房间里异常安静，而屋外暴风雪正肆虐。

那天晚上，我在病床上痛哭失声，托尼抱着我。我哭倒在他的怀中，他的胸怀是我的避风港。“我不想在你面前变丑。”我说。我认为我先生是个非常帅的男人。

“你绝不会变丑的。”他紧紧地抱着我说。

6. 神秘的疾病

查尔斯·贝尔先生是一位著名的解剖学家、艺术家和外科医生，19世纪20年代发现的特发性面神经麻痹（又称贝尔麻痹）就是以他的名字命名的。他有独特的方法诊断此病。也许作为画家他具有敏锐的观察能力，因此他对面部表情的研究十分透彻。虽然作为一位外科医生医术普通（他给士兵做截肢手术时总是犯错），但他在神经学领域的研究贡献显著，甚至研究出了一个基于面部表情特征及其与上帝关系的神学系统。

但是，贝尔并不是第一个描述面神经麻痹的医生。希腊人、罗马人、波斯人——他们也都注意到了前额不能皱起的情况，从而发现了面瘫。罗马人盖伦写道，瘫痪影响了“嘴唇、眼睛、额头皮肤、脸颊和舌根”。古罗马医学家凯尔苏斯在公元1世纪就记录道，“关于脸部发生感染的症状，希腊人称之为‘狗痉挛’，此病往往由急性发热开始，嘴唇因特殊的动作牵引而歪到一边”。

在现代西方医学领域，没有什么好的办法来治疗特发性面神经麻痹，医生一般开一些类固醇，之后就是等着神经慢慢恢复正常。现在还不清楚特发性面神经麻痹是由病毒引起还是由压迫神经的生物力学过程引起的，比如怀孕。

后来我了解到，一个经验丰富、考虑周全的医生在患者发病初期会开抗病毒药物（许多特发性面神经麻痹病例实际上是由疱疹病毒引起的），也会测试是不是患有莱姆病（大部分特发性面神经麻痹病例，特别是在美国东北部地区的患者是由莱姆病引起的），或者用治疗莱姆病的方法防止症状加重。这样的医生也会给患者做一些物理治疗，告诉他们要吃大量的抗氧化食物，而我的医生什么都没做。不管有没有治疗，特发性面神经麻痹有时能完全康复，有时不能完全康复并留下后遗症，有时它根本就不会康复，医生也不知道为什么会这样。

特发性面神经麻痹很神秘——无论是发病原因还是治疗结果都带着一层神秘的面纱。医生不知道你为什么得特发性面神经麻痹（虽然产后经常得），也不知道你怎么好的——这就是医学上所说的特发性疾病。医生也希望患者像多数病例一样能够迅速自我康复。

结果越不确定，患者越爱胡思乱想，我就在不停地想象，也许三个星期就完全康复了，也许一边脸永远瘫痪下去了。

我还会问自己，是否担心面瘫会影响丈夫对我的感情？也许会。如果我娶了一个女人，我难道不关心她的表情是否会跟随我的表情变化？也许不会，中世纪的情诗认为真正的爱情是从眼睛流露出来的，正所谓一眼万年。亚里士多德认为爱情就像一支利箭，通过眼睛射入对方的心脏。

我说过我的丈夫很帅气，我现在也这么认为。他的颧骨略高，笑容明艳，面如满月；他的肤色金黄，腮有酒窝，嘴唇丰满；他的眼睛棕黑，满目慈悲，炯炯有神。

他戴着眼镜，留着僧侣一样的短发——美人尖在额头的正中。他的母亲是澳大利亚人，父亲是泰国人，他跟许多种族的人都很像。在任何特定的日子，都可能被新认识的人认为是犹太人、拉丁裔人、意大利人或者半个黑人。一个电脑程序测试他的面部后，显示他最像的名人是劳伦斯·菲什伯恩，有一个患者说托尼让他想起美国前总统奥巴马。在泰国的时候，他不容易被当作泰国人，更容易被当作美国人。他心形的脸随他的母亲，对定制西装的偏爱却随父亲。当然，我认为他熠熠生辉，我对他的爱影响了我人生中很多观念和看法。

安托万·德·圣–埃克苏佩里在《小王子》中写道，“这是我的一个秘密，再简单不过的秘密：一个人只有用心去看，才能看到真实。事情的真相只用眼睛是看不见的”。

说起我的老公，我想浪漫一下，但那时我几乎没有时间去浪漫，因为我有三个嗷嗷待哺的孩子需要照顾。

7. 新生儿重症监护室

虽然面瘫让我非常沮丧，但是我希望和宝贝们赶紧回家，看看我的女儿安娜，她已经非常想我了，我的妈妈在家照顾她。

我和托尼开始收拾东西，换下病号服，整装待发。准备出发前，我凝视着我的双胞胎宝贝，霍普粉白粉白的，像个瓷娃娃，脸圆圆的，完美无比。我又看了看威廉，他太瘦了，膝盖上的皮肤还皱在一起，手指纤细。我们爱怜地称他“小鸡腿”，他已经会笑了，我知道你们肯定会说刚生下来不可能会笑，但我确实看到了他的笑容，并预测他将来肯定是个幽默的孩子。他的鼻孔太小了，他不得不用鼻子吸气，用嘴呼气，发出轻微的呼吸声。

我的老朋友安迪是一位剧作家，来医院看望我们，带了婴儿安全座椅，方便我们带宝宝们回家。他是我的朋友里第一个见到我面瘫的。我不想让他看到我的脸——感觉像是老朋友来看你，但你衣冠不整，穿着脏睡衣，还没有准备好。但是现在，像是把脏睡衣罩在脸上。让我感觉更糟的是，他还得安慰我，可惜没有为毁容设计的贺卡：我很抱歉你现在的脸是这样的，但看起来不是特别糟糕，只是在做某些事情的时候会有点糟糕，实际上我什么也没有看到。

但我不用担心安迪，他很善良——就像我穿着睡衣开门一样。感谢他带来的儿童安全座椅，我和托尼收拾完行李就可以带着孩子们一起回家了。

当我们正在打包行李和办出院手续时，威廉躺在他的婴儿篮里。办理出院的护士突然发现他的嘴唇正迅速变紫，护士喊了一声“他被自己吐的奶呛到了”。另外几个护士迅速跑了过来，我还不知道发生了什么，他们已经将威廉抱走了。

“他们带他去哪儿？”

“去新生儿重症监护室，”护士说着跑出了门，并喊新生儿重症监护室的医生赶紧来。

我永远也不会忘记当托尼看到威廉的嘴唇变紫时的脸色和尖叫，当护士把威廉送进新生儿重症监护室时，托尼瘫倒在病床上哭泣，自责没有早点看到威廉的嘴唇变了颜色。他说他应该早点发现——是父爱让他忘记自己是个医生。

这回轮到我在病床上抱着托尼了。“不是你的错，”我不停地对他说，“不是你的错。”

医生把威廉放在婴儿保温箱里，监测他的呼吸。医生又说霍普的脸因新生儿黄疸有点发黄，要把她留在监护室照黄疸灯过夜。我不想把她单独留在那儿。我问医生我能不能在医院陪孩子们，毕竟我刚得了面瘫，孩子们也还在医院。但是医生说我的保险不支持再多住一晚。

我站在霍普的摇篮边，跟躺在黄疸灯下的她说晚安。我向上帝祈祷，然后离开。我已经很久没向上帝祈祷了。

★ ★ ★

我向上帝祈祷，保佑我的孩子们健康。我的母亲作为一个放弃天主教信仰的人，说她现在是新生儿重症监护室的天主教徒。我们坐在回家的计程车里，一路上沉默不语，我望着窗外，托尼轻轻握着我的手。车上没有儿童安全座椅，也没有霍普和威廉，心情实在是太糟糕了。但幸运的是，我现在身上不痒了，孩子安全出生了，他们现在是安全的。

3 岁的女儿安娜此时正在等着我们回家，她已经做了欢迎卡片，并在卡片上贴了字母：H–O–P–E 和 W–I–L–L–I–A–M，并小心地涂上了颜色，这是安娜为他们能健康平安归来所做的祈祷。

我还担心安娜会因为她的妈妈变丑而埋怨弟弟妹妹，也许她根本就认不出我。我该怎么跟她解释，怀着双胞胎的、脸上充满笑容的妈妈离开家之后，回来的时候没有带回双胞胎不说，连笑容都没了。

但出乎我的意料，安娜几周后才发现我的面瘫。当她注意到的时候，她表现得非常可爱。她会说“妈妈，你的笑是这样的”，说着模仿了一下我的歪嘴笑容，或者对我说“妈妈，你很棒，你的嘴动了一点点”。晚上我给她大声朗读故事的时候，读起来很累，因为张嘴真的太疼了。我躺在她的床边，在昏黄的灯光下，读《漂亮的南希》或者《贝特西和塔西》，费力地读着带 P 的单词。

每个人都建议我趁着孩子还在新生儿重症监护室时多睡点儿觉。但是我们回家的第二天早上，电话铃就响了。孩子在医院时，电话响可不是什么好事。我赶紧跑去接电话，非常担心听到威廉的消息，但这通电话是关于霍普的。昨天晚上的时候霍普呼吸有点问题，现在已经从育婴房送到新生儿重症监护室了。

我们在冰天雪地中赶到医院。到新生儿重症监护室后，我看到威廉在保温箱里，他还活着。“我女儿呢？”我问。

“你是说婴儿B？”护士问。

“是的，霍普。”

“她比男孩还要虚弱，她在那边。”

“还要虚弱？是什么意思？”我问。

“不知道，”她说，“您得问一下值班的医生。”

霍普在挨着监视器的小保温箱中，我想把她抱出来喂奶。尽管我是母乳喂养，但在霍普的保温箱上，居然有一瓶配方奶。我问护士，能否让霍普和威廉离得近一些，这样我可以同时喂他们两个。

护士说：“不行，我们的椅子不够。”我花了一些时间才让自己平静下来，来缓解没有椅子带给我的怒气，以及护士没经过我的同意就给我的宝贝们喂配方奶粉的恼怒。

我还不习惯我的“僵尸脸”，而且我意识到，如果不用笑容对陌生人表示友好的话，该用什么方式呢？微笑是每天的常用表情，在银行大堂里，工作人员的笑容跟棒棒糖一样是服务必需品。但当你搬到纽约的时候，就要收起那些友好的、夸张的、无忧无虑的笑容了。

我曾经研究过美国人的笑容，因为美国是移民国家，不同地区的语言不同，我们用微笑对不太认识的人表示友好。而在很多非移民国家，笑容代表社会等级制度，对陌生人微笑可能是一种禁忌。

无论如何，我在新生儿重症监护室试着不用微笑来交朋友。我遇到了一位跟我同一天生了双胞胎的妈妈，她是剖宫产，她丈夫用轮椅推着她来看孩子们。

2 月的室外仍然很冷。我的冰冻脸就像寒冷的天气和凉透的心情一样。我每天两次打车从所住的斯泰弗森特镇到西奈山医学院看望孩子们，用母乳喂喂他们，放在怀中抱抱他们，然后回家睡觉。下午 5 点，托尼和我再去医院，之后会在街角的餐厅吃饭，我一般会点夹肉面包、巧克力奶昔和土豆泥，吃的都是软嫩的、好嚼的食物，这些是我能想到的高能量的母乳喂养食物。

当我和托尼在新生儿重症监护室的时候，从来没见医生巡视，也没人来说明霍普和威廉的情况。护士给我们的信息太少了，这让我觉得他们很讨厌。越讨厌他们，我就给他们带更多的食物，带的食物越多，我想他们会越关注我的宝贝们——把他们从保温箱里抱出来，叫着他们的名字。虽然他们的信息牌就挨着监视器，但护士们还是经常把他们称作婴儿A和婴儿B。

我的理智告诉我，护士的工作效率和专业知识才是保护孩子的关键，但我希望他们能记住我的孩子的名字。我觉得他们越关注我的孩子，我的孩子活下来的机会就越大。所以我给护士们带了甜甜圈和巧克力，但是内心深处还是暗自讨厌他们。只有一位特别好的护士——艾奥瓦州的凯蒂，把霍普和威廉真正当作拥有独特个性的婴儿对待，把我当作他们的母亲而不是闯入的访客。在家里，只要听到电话响，我就立即跳起来去接。

3天后，孩子转到普通病房，仍然没有任何解释，我们也不确定这是好消息还是坏消息。跟我们一个病房的，还有一个叫罗克斯的家庭。

他们的双胞胎在新生儿重症监护室待了两个月，但据我们所知，他们几乎没来医院看望过，凯蒂说罗克斯先生都没有抱过孩子。有一天，罗克斯先生来了，我看到他是第一次抱孩子，两个月来他根本不敢抱孩子，因为他们看起来太瘦弱了。

“伙计，伙计……”他轻轻地对他的宝贝说。

他看上去太脆弱无助了，我移开了目光。

我已经在医院里周旋几个月了，当我从新生儿重症监护室回家的时候，夜晚街上的灯光那么刺眼，像火舌一样。太亮了，简直太亮了。那个星期我只去了两个地方——医院和为在新生儿重症监护室的父母推荐的急救培训班。我觉得我应该待在室内或者一个幽暗的洞穴里，带着面瘫脸和我的孩子们去挖洞。而不是孩子们躺在过于明亮的医院里，我要去上急救培训课，尽职尽责地在布偶假体上练习急救。

就像童话中的故事逻辑，你必须用你所有的换你想要的。

照这个逻辑，我用我的脸换取了孩子们的平安，这非常公平。

8. 回家

霍普和威廉在新生儿重症监护室住了7天后，医院通知我们可以带他们回家了。他们太轻了，我两只胳膊一边一个就能轻松地抱起来。母亲专程开车来接我们，我把霍普和威廉放到安全座椅上。道路结了冰，一路上母亲开得非常慢。

当到达我们的住处——斯泰弗森特镇的时候，托尼和我正商量把安全座椅从后座上卸下来直接抱进屋子里，能让两个小不点暖和点。这时候，一个老妇人敲着车窗户吼我们，说我们挡了她的路。我的肺都要气炸了，我满腔怒火地吼了回去。现在想起来当时之所以那么大的脾气，可能是我曾吃促进胎儿肺发育成熟的类固醇药物引起的。

晚上，我喂完一个宝贝睡觉，另一个宝贝尖叫着醒来了。

然后，我再喂醒来的宝贝，整晚都是这样轮流喂他们，我精神似乎都有些错乱了。他们永远也吃不饱，总有一个处于饥饿中。我一直有种愧疚感，就好像他们的饥饿是我的错，我有责任。

我的奶水不足以喂两个婴儿，只好给他们补充一些配方奶。我奶水不足的原因有两个：一是因为有两个婴儿要喂，二是他们住新生儿重症监护室的那段时间，我无法第一时间满足他们的需求，护士从第一天开始就用奶瓶喂他们配方奶，两个小家伙对母乳还需要适应。当时哺乳顾问每周一次带着母乳泵来我家，告诉我不喂孩子母乳的时候要及时吸奶，以便增加母乳，但是我没照做。

得了特发性面神经麻痹之后，我经常头疼，像有根针扎在脑袋上；再就是经常性耳鸣，嗡鸣声大得像孩子在哭，声音感觉被放大了 10 倍（面神经控制着中耳的一小块保护肌，这通常会抑制耳膜的强烈振动。如果没有这种肌肉，就出现“听力减退”，或者对响亮的声音很敏感）。换句话说，当孩子们呜咽时，听起来就像他们在嚎叫；当他们嚎叫的时候，听起来就像在我的脑袋里开重金属音乐会。晚上，每当我准备睡觉时，要戴上眼罩，因为我的左眼不能闭合，医生怕睡梦中翻身或者无意识的动作会意外地划伤我的角膜。

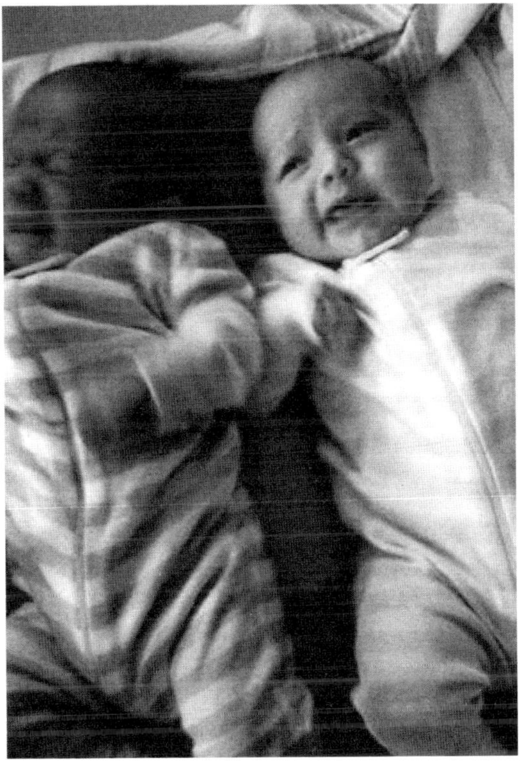

威廉和霍普

我的下身还敷着冰袋，安娜看到后坚持也要在下身敷冰袋。有一天凌晨3点，我在沙发上给两个小家伙喂母乳，安娜溜出她的房间，对我说："我想坐在你的腿上。"

"你不能坐这儿，"我说，"已经有这两个孩子了，快去睡觉吧。"

"我很沮丧！"安娜号啕大哭。她从《漂亮的南希》一书中学会了"沮丧"一词。

有智者说博爱可以到达所有的孩子。爱确实可以博大，爱也是无限的，但是我腿的面积是有限的，坐不开三个孩子。

我的母亲回芝加哥之后，我婆婆从加利福尼亚州过来帮忙。她是个非常美丽的女人——不是那种不经意的美丽，而是陌生人看到回头率达到100%的美丽。她来了之后，带来很多宝贵的经验。有这样一个美得无与伦比的婆婆有点怪怪的，更奇怪的是，我看起来像中风了一样。她叫伊丽莎白或者丽兹，在澳大利亚曾经是助产士，所以她积累了许多关于照护婴儿的知识，也对我这样身体有缺陷的人表现出极大的同情。作为年轻女人，她像格蕾丝·凯利；作为年长的女人，她看起来一点儿也不老。也许她的漂亮让她更同情我的境遇。

我婆婆跟托尼的关系很亲密，托尼是她的第一个孩子。记得在我们的婚礼上，当她要“把他送给我”时，她看起来是那么沮丧；那是把儿子交给另一个女人或者在某种意义上可称为永远的陌生人的恐惧。

婚礼过后，我把他的儿子——我的丈夫“引诱”到纽约，经常出入四十二街和剧院，远离加利福尼亚州的沙漠肉质植物，也远离了她。这种因地理距离产生的隔阂从未完全消失，但由于她和孙辈相处的快乐而有所缓解。

在纽约，下午5点左右，丽兹喝了杜松子酒，吃完保健品，我们一起吃晚饭，她穿上拖鞋，然后用她让人舒服的澳大利亚语调说，“现在去睡觉，亲爱的”。她可以整晚不睡照顾婴儿，收拾房间，喝浓茶。我半夜起来喂奶时，我们会聊聊天。她会聊她在澳大利亚的助产士经历，会聊在悉尼遇到托尼的父亲——查理。查理，来自曼谷，后来到澳大利亚读医学。在医院培训时，遇到了丽兹。但是，泰国医生在澳大利亚的就业机会并不多，因为那时白澳政策即将取消但还没有最终取消，所以查理从澳大利亚去了加拿大。

丽兹告诉我，她跟着查理去加拿大，没有钱的时候只能吃香蕉度日。她跟着他，不知道他们的浪漫爱情将如何结束，那时，查理被安排和一个泰国女人结婚。丽兹说，白天她做护士，晚上她用绷带把打字机键盘盖上学习打字，这样她就能盲打了，打出了她记得的所有诗歌。她说他们很快有了三个孩子，作为一个年轻的母亲，她是多么无聊，多么想上大学。所以她买了威尔·杜兰特夫妇所著的一套《世界文明史》(共11卷)。在照顾孩子的间隙，读了400万字。丽兹爱她的狗、她的花园、她的孩子们和她的孙辈们，而对那些不公正、不友善或者愚蠢的人几乎没什么耐心。她对我有同理心，我的敌人也是她的敌人，她恨他们。她跟托尼父亲的离婚是灾难性的，后来她独自抚养三个孩子，因此她总是倾向于站在独立女性的一边。我们在凌晨3点，你一言我一语地交谈甚欢，而房子里的大多数人都在睡觉，只有她怀抱里的婴儿嘬奶瓶的声音和我怀里的婴儿吃母乳的声音。

她甚至说我得了面瘫又要用母乳喂养双胞胎，像是一个基督教殉道者。她在的那段日子，我们一直都很亲密。一年后她死于胰腺癌。

当我婆婆离开的时候，睡眠不足仍然折磨着我。我母亲和姐姐来了一个星期，她们都勇敢地与我一起承担照顾婴儿的重任。哺乳期间的睡眠紊乱像是一种精神病。托尼搬去了安娜的房间，像我们小时候一样，我姐姐和我睡在一个床上，我们晚上轮班给小家伙们换尿布。等她们回芝加哥的时候，我怅然若失。

安娜还是每晚起床出来找我，托尼每晚除了给两个小婴儿喂奶和换尿布，还要花一个小时把安娜哄睡，然后每天凌晨3点安娜还要再起床。托尼只休了一周陪产假（需要强调的是，为双胞胎休的一周陪产假），然后就返回工作岗位了，这一周已经让他睡眠严重不足。我因睡眠不足都变傻了——把叉子说成勺子，把桌子说成椅子，而且早上刚起床就想再睡一个小时，我决定带安娜去看睡眠专家。

睡眠专家是位精瘦的金发女人，涂着亮粉的口红，在她位于上东区的办公室里，她聆听我的烦恼，然后说："每次你哄女儿睡觉的时候想：我哄女儿睡觉，我不是个好妈妈；我没教会她独立睡觉，我不是个好妈妈；我没教会她科学睡眠，我不是个好妈妈。"

交了350美元后，我没受到任何启发，还是难以入睡，心中更是充满怒气。

★ ★ ★

当我有时间溜出家时，我去了针灸所，去治疗我的面瘫。医生将针扎到我的脸上，再把一台持续刺激的电机连到针上。有时，扎针会使我脸上有瘀青，加上两边脸不一样高，我看起来就像被打了一样。

针灸医师告诉我，她的父亲也得过特发性面神经麻痹，她给针灸了三天就好了。这种好事没发生在我身上。但是在那里针灸三个星期后，我能手动闭眼了，睡觉的时候我可以用手把眼睛关闭。白天我还是不能眨眼，但值得感激的是，我的眼睛至少可以闭合了，所以晚上可以不用戴海盗眼罩了。

针灸医师告诉我，东方医学认为，导致特发性面神经麻痹的根源是受了风。她建议我外出的时候带上围巾把脖子捂严实。

那年冬天，风很大，而且吹在脸上很冷。安娜说："当我冬天很渴的时候，喝风就行了。"

9. 笑容的背后

接下来，除了这些抑郁的事情，有一个好消息从剧院传来，这个时候谈到剧院，感觉剧院像是一颗相隔遥远的星球。我的戏剧作品《隔壁房间》获得了托尼奖（美国话剧和音乐剧的最高奖项）最佳戏剧提名。这个让我内心有点小狂喜的消息，似乎从那颗遥远的星球传来，我被这个消息包围，好像泡在一个怪异而又孤寂的泳池里。第二天，《名利场》杂志（美国老牌生活杂志）将为提名托尼奖的获奖者拍照。我斗争了很久到底要不要去，不知道是不是必须去。我想那感觉一定很糟，他们会让我微笑。在我踌躇不决的时候，我的经纪人说我必须去，所以我也只能去了。

他们让我站在类似红毯一样的地方，有大约30名摄像师从不同的角度拍摄。我想起诗人伊丽莎白·毕肖普曾说过，“摄影师、保险推销员和葬礼主持人是一生中最不想见到的人”。

我站在一群陌生的摄影师面前。

“微笑！”他们喊。我艰难地尝试微笑，尽量展示我的笑容。

“笑一下！”他们再次大喊，都要冲到摄像机前面了。“你到底怎么了？得了托尼奖都不能让你笑一下吗？”

“实际上，我的确不能，”我说，“我得了面瘫。”

他们盯着我，喃喃地道歉，然后给我拍了照片。我也感到非常抱歉，就像我跟他们开了一个恶意的玩笑故意揶揄捉弄他们一样，就好比一个孩子在操场上跟另一个孩子说他的妈妈跑得非常快，而另一个孩子已经准备回复“我妈没有腿”。

我 20 岁那年，在英国学习了一年。为了赚点零用钱，我在牛津大学拉斯金美术学院当人物绘画模特。有意思的是，比起着衣微笑于镜头前，脱掉长袍却让我不再那么在乎自我。那一时刻，专横的绘画老师也吟咏道：“天鹅！”

当我未着寸缕的身体被画出来后，我的特征远比被冷冰冰的相机复制的要好。当一位艺术家要给我拍照时，我拒绝了他。

当人们当裸体模特时，为什么通常不会露齿而笑？微笑是不是身体自身裸露的体现，如果裸体时再微笑，是不是多此一举，有点画蛇添足？孩子们赤裸的时候咧嘴笑并不会觉得奇怪。成年人裸体的时候咧嘴笑难道不奇怪吗？

无论如何，得特发性面神经麻痹前，我本来对拍照就没有什么耐心、觉得别扭。得了病后，我对拍照就更恐惧和厌烦了。

我讨厌那天《名利场》给我拍的黑白照片。我认为我的脸就像一股水流顺着山势陡然下行，突然停住，似乎凝冻成了冰锥。我确实看起来很痛苦，虽然那本是欢欣雀跃的一天。如果我不在乎我的脸，我会认为这张照片的效果很有趣。但是，很显然我很在乎我的脸，所以我认为这张照片很糟糕。这张照片像是违背我的意愿拍摄的，就像我觉得我的微笑违背了我的意愿一样。

我决定再也不照相了。

当然，我不是第一个被陌生男性告诉要微笑的女人。2014年，布鲁克林的街头艺术家塔蒂亚娜·法兹拉扎德画了一幅《不要叫女性去微笑》的壁画，意指公共场合普遍存在的女人总被要求微笑的性骚扰事件。

我也不是第一次被男性强求微笑。20岁左右的时候，这种情况时有发生，有时候走在路上，脑海中正在构思一首诗，眉

《名利场》为我拍的照片

头微皱，陷入沉思，过来一个男人就会说“嗨，你怎么了，宝贝？笑一笑”或者“喂，你怎么这么不开心？笑一下”。我常常本能地报以微笑来满足他，而不是说：“我在思考呢，混蛋！我思考的时候表情就是这样。”

我意识到男人让路过的女人微笑，不是想让女人变得多么快乐，而是让女人注意到他正向她走来。男人觉得女人没有注意到他，觉得有权力告之女人，还想走进女人的内心世界，告诉她应该如何表达自己的感觉。我很难想象，我走在路上，看到一个陌生男人，告诉他“你怎么愁容满面？笑一笑”。

我想起希拉里·克林顿在竞选过程中赢得一次主要的胜利后，主持人乔·斯卡伯勒对希拉里·克林顿说：“笑起来，这是属于你的重要日子。”不得不说，女人该出现笑容的时候不仅男人会让你这么做，其他女人也会让你这么做。

伟大的体操运动员西蒙尼·拜尔斯，在一次舞蹈比赛中被一位白人裁判告知要多笑一笑，她的回答闻名于世，她说：“微笑并不能为你赢得金牌。”

不可否认，有色人种的女性在面对强制微笑时，有着更为复杂且沉重的历史原因。达伊玛·穆巴什尔在那部非常精彩的剧作《希望之光举足轻重》（*The Immeasurable Want of Light*）中写道：“我微笑是因为人们希望看到他人微笑，人们需要看到微笑，否则，会伤害他们。当他们看到我不开心时会伤心……微笑，在你不想笑的时候是一个艰难的动作……你的生活充满微笑吗？你记得每个微笑吗？……我的母亲……害怕我啥也干不了，因为我不想微笑的时候，只想让这张脸该休息就休息、该放松就放松……”

让脸得到休息和放松的女人有什么风险呢？没有表露自己高兴的情绪？没有表现自己的热情？我们能认出自己的脸吗？能认出其他女人——我们的女儿、姐妹、母亲的脸吗？

10. 演员和母亲

双胞胎出生 3 个月后，我拄着面瘫脸参加了我的第一个戏剧开幕式。这是一部长达三个半小时的史诗型戏剧，名字叫《激情戏》(*Passion Play*)，在位于布鲁克林的老教堂里演出。我非常喜欢演员们的这次表演，但是我的表情始终表现不出我的喜悦。我母亲坐在我的左边（我的左脸面瘫），不停地偷看我，我装作旁若无人地认真看戏剧，但能感受到她为我是多么焦躁难安。剧终的时候，她小声问我："你不喜欢这部剧吗？"

"我非常喜欢，"我小声回复，"我只是做不出喜欢的表情。"在我面瘫脸的一侧，即使是我自己的母亲，都无法读懂我的表情。

铃声响起，幕布落下，又到了拍照的时候，我以要吸奶为由回避了拍照，这个办法真是一举两得：既完美躲开了令人生惧的镜头，又可以解决涨奶的问题。我坐在教堂彩色玻璃窗旁边，在朦胧昏暗之中把母乳从饱胀的乳房中吸出来，真是妙不可言的轻松。

创作《激情戏》这个剧本，我用了12年的时间。从这点上看它既是我的第一部戏剧，也是我最近刚写完的戏剧。其间，我还写了约10部剧本。我21岁开始写戏剧，那时我住在英国。酝酿的都是中世纪题材的神秘戏剧。我想象着，如果一个老乡被塑造成本丢·彼拉多（罗马帝国犹太行省总督，执政期间多次审问耶稣），可他一直想扮演的耶稣基督这个角色被他的英俊的表亲扮演了，会发生什么呢？彼时，我正在牛津学习，那里的彩色玻璃闪耀着活生生的历史；我绕着鹅卵石走着，阴冷的冬天和中世纪的文学在我脑海中跳跃。那一年我父亲刚刚去世，11月的英国夜晚来得很早，大概下午4点左右天就黑了，恰如我那时候悲伤的心情。

当我从英国回到普罗维登斯读大四时，我遇到了我的编剧老师——宝拉·沃格尔，我向她请教论文写作方面的问题，请她给出建议。我想写19世纪小说中有代表性的女主角，宝拉说这个主题虽然听起来很有意思，但是不建议我写这样的论文。如果写一部戏剧作为论文的话，她倒是可以为我指导。我心里涌起一种浓浓的喜悦，我居然可以写一部戏剧……

这也太奢侈，太有意思了。我说：“我确实有个想法——某人想演耶稣基督，却由他的表亲实现了。”宝拉说“那就写吧”，并给了我一个她特有的眼神，像战场上英勇果敢的将军、巫术中慑人心魄的巫师，然后我照做了。到我毕业的时候，已经写出了三部曲中的第一部。宝拉知道我是多么愿意分享这部剧，就将它带到了罗得岛普罗维登斯三一剧院的一次新剧会演上。

在 1997 年的那个开幕之夜，我母亲开车带着我前往位于希望街的三一剧院。（有哪里比普罗维登斯的地名希望街更具象征意义的呢？）突然，我们的车被迎面飞驰而来的一辆车撞上，我的头重重地被撞击到，瞬间天昏地暗。我母亲吓得在我旁边一直哭，喃喃地说到如果出事了，父亲会非常生气。“我没事，我没事，”我不停地说，“只是我的头要包扎一下。”

“我们最好到医院做个磁共振成像。”她说。

“没必要，”我说，“我们会迟到的，那可是我的第一部剧。”然后我们准时到了剧院，真切地看到《激情戏》的第一部在剧院舞台上演，剧中所有的高光时刻都获得了雷鸣般的掌声，观众们都站了起来。

也就是在这样的开幕之夜我真正成为一名剧作家。

第二天我到医院做了磁共振成像，结果一切正常。只是连我成为剧作家如此重要的职业变化都没有被记录。

我有时会想，是不是在希望街上磕了脑袋，导致我现在的一切都是幻梦。

从开始创作到12年后的今天，我创造的《激情戏》三部曲现在全部完成。就在此剧最后一部的首演开幕之夜，我却躲在布鲁克林的老教堂的彩色玻璃窗旁挤奶，家里还有嗷嗷待哺的三个孩子。这一晚，观众热情四溢，演员欣喜若狂。我已经感受到了庆典的感人场面——演员菲利普·塞默·霍夫曼拥抱着导演，作家谭恩美身着华丽的晚礼服祝贺着某人。通常，我会很想见到我崇拜的作家，但是今晚我更想隐藏起来，虽然坐在那里吸奶让我无比孤独。早些时候，导演的妻子（她是一位演员）告诉我，她也得过特发性面神经麻痹，这个病简直是人间地狱，但她在3个月内完全康复了，她相信我也会好起来的。我没有告诉她我面瘫已经3个月了。我想这是一个悖论：我认为，只有我能再次微笑我才能重新融入这个世界；然而，如果我不能融入这个世界，我怎么能高兴到再次微笑呢？

如果我的母亲都不能从我僵硬的脸上推断出我的心情，一个陌生人又怎么可能知道我在想什么呢？我母亲对没有看出我的心情这件事感到很抱歉，她甚至曾练习特发性面神经麻痹的恢复动作，因为她也得过。

我母亲发现自己得了特发性面神经麻痹的时候，正躺在伊利诺伊州的车里吃爆米花，吃着吃着开始流口水。不久之后，她来罗德岛参加我的毕业典礼，她的演讲含糊不清，眼睛下垂，显得非常痛苦。母亲是个优秀的女人，是一位拥有博士学位的英语老师，还是一名极具天赋的演员；而现在，她刚刚失去丈夫，看起来脆弱不堪，情绪不稳，在没有我父亲的陪伴下独自而来。她还不得不面对台下那么多陌生人，不能冲他们微笑，同时让他们忍受她含糊不清的演讲。母亲很善于结识新朋友，生活中的故事她能信手拈来。她也很会刨根问底，对周围的世界总是充满无限的好奇心，至少有 7 个问题随时准备出击。但是那次行程，她没有问几个问题。她半笑半不笑且不对称的脸似乎是悲伤的标志——是一个隐喻，一个结婚近 20 年的人，突然变成了单身，2 个变 1 个，变得不对称。

不过，那次旅行后，她的脸很快就好了。在教师的岗位上退休后，70 多岁的她开始了新的征程，她后来参演了更多的戏剧，在芝加哥一年的演出多达三场。有一次我问她，得了特发性面神经麻痹之后有没有害怕会影响她的演员生涯。她想了一会儿说没有。她说她之所以喜欢表演不是出于虚荣，在表演之前她从来不照镜子。“难道你不喜欢被关注？”我问。

“不，”她说，“化妆和服饰只是外观。”我更喜欢语言的魅力和观众的评判。

母亲的这一番言论深深感动了我。我从小就被教育成不爱慕虚荣的吗？母亲是个演员，但是她从来不修眉。任由眉毛疯长。“这样的眉毛让我个性鲜明，”她说，“像我的外祖父。”我母亲经常说她想成为一个“人物”。在我童年的时候，她能边下台阶边背诵一篇出自尤涅斯库《秃头歌女》中女佣的演讲。

那篇演讲就内容本身而言，是关于不对称性的。母亲会用伦敦口音得意开讲：“唐纳德的女儿有一只白眼睛和一只红眼睛，就像伊丽莎白的女儿一样。唐纳德的孩子有一只白色的右眼和一只红色的左眼，而伊丽莎白的孩子有一只红色的右眼和一只白色的左眼！……我的真名是夏洛克·福尔摩斯。”母亲即兴演讲的勇气，让我感受到世界是一个幸福的地方，只要你愿意傻一点。

母亲想成为一个人物（一举成名）的愿望可以在现实中某个特定时刻实现。她向来是我的保护人，有一次她对一个不喜欢我创作的戏剧的评论家大喊大叫，这位芝加哥评论家正在咖啡馆相亲，我母亲认出了她。“你抨击了我女儿，”我母亲激动地斥责，“评论可不是这么用的！”

“我认为我的评论客观恰当。”这位女评论家反击。

各位评论家，你们可要小心我的母亲，她可能会在你相亲的时候冲你大吼大叫。

从我开始记事起，我就在灯光幽暗的剧院里看母亲在台上演出。在我能写作之前，我会向她口述关于她所演的戏剧的感想，她还会把这些告诉导演。小时候，我看母亲表演各种角色，从《罗密欧与朱丽叶》中的护士到卡里尔·丘吉尔的剧作《顶尖女子》中的一个角色，有个角色会对着从魔鬼屁股中掉出来的土豆大喊大叫。我还看到母亲在戏剧中死了，又在别的戏剧中继续活着，而且活得更好；我看到她用扫帚当麦克风唱布鲁斯·斯普林斯汀的歌。我已经习惯了母亲在不同戏剧中的角色变化。她留着红色的短发，圆润的嗓音给人荒谬怪异之感，她有着强烈的表现欲而不是虚荣心。

我父亲过去经常夸赞我母亲“冰雪聪明”（父亲的原则是我们女孩必须找一个跟自己智商差不多的丈夫，我希望大多数的父亲都是这么教导他们的女儿的）。在舞台上，我母亲更重视她的内在智慧，而不是外在形象。

但是除了虚荣心，我曾问母亲在得特发性面神经麻痹的时候难道就没有担心过她对外露出的表情吗？母亲说一旦她意识到这病不会致命，也不是她的错，她就不担心了。母亲从 30 岁起就一直在与她的体重做斗争，她的父亲是一位医生，经常告诉她，超重会导致可怕的健康问题。也许是这个原因，她认为任何身体健康的问题都是肥胖引起的，这个问题一直困扰着她。

她去看特发性面神经麻痹的时候问医生："是因为我胖吗？"

医生疑惑地看着她说："不是，当然不是。为什么你会这么想呢？"

她回答："因为我觉得所有的健康问题都是我的错，因为我胖。"

"但这的确不是你的错。"医生向我的母亲保证。

母亲说她当时松了一口气，虽然她能睡着觉了，但是内心还是抗拒出门。

在母亲自我隔离的一个傍晚，她在HBO电视频道看了一部纪录片《侏儒：并非童话》（*Dwarfs: Not a Fairy Tale*），看完给我打电话，她痛哭流涕，"这些勇敢的侏儒！（我说我想知道是不是现在更喜欢"小矮人"这个词。）他们不能隐藏，不惧世界！他们给了我这个特发性面神经麻痹的人希望"。从那以后，她在家不再拘谨，带着那张面瘫的脸重新回归社会。艺术的移情能力改变了母亲对她患面瘫之后的想法。

实际上，母亲没有过分担心表达能力，这让我认为她病得比我轻，面容表达比我更灵活。我记得，母亲脸部有明显的下垂，但不是完全僵住不动。显然，特发性面神经麻痹患者面部自由活动的程度，说明了神经损伤的程度。如果面部完全不能动（像我），表明损伤十分严重，而且有永远无法恢复的可能。

母亲在自我隔离两个月后，她的脸好多了。

很难知道母亲在哪里结束而我在哪里开始。大多数母亲和女儿的故事不都是这样吗？我记得10岁的时候，母亲教我文氏图。那时我们正坐在从芝加哥到得克萨斯州的火车上，去看望我的表亲。在餐车的餐巾纸上，母亲画了两个圈，指着重叠在一起的部分说“这两个圈重叠的部分是共同点，有什么共同点呢？这里……”我被那张图的逻辑迷住了。

母亲和女儿：就像两个圆，图形中所有的有界区域是她们各自完整的自己。女儿可能倾向于指出差异，而母亲倾向于指出共性。

母亲和我都喜欢戏剧，都喜欢读书，都被面瘫折磨。当然，两个圆有诸多的相似点，而不同的是母亲的面瘫痊愈了。

11. 杜乡的微笑

夜里，我梦见我能笑了。在梦里我笑得毫不费力，仿佛回到了无忧无虑的童年时代，笑得轻松自然、天真烂漫。

然后我惊醒了，赶紧去照镜子：脸还是硬的，表情还是僵的，跟昨天一模一样。

已经3个月了，按照我那位得过面瘫的演员朋友的说法，我也应该好了，可是还没有任何恢复的迹象，我去找她的理疗师，他正在一个高端健身房里（但我不是去高端健身房运动）。这位理疗师与我打招呼的第一句话是：“你看起来是一个不错的特发性面神经麻痹患者”，这句话气得我脸都白了。他接着说：“我的意思是你应该看看其他特发性面神经麻痹患者！”他给我的颈部做了一会儿按摩，然后让我做我几乎不可能做到的脸部动作，就像我照镜子时一样，之后告诉我每周去一次。

1979 年，在家后院的我

第二周，我又去找待在高端健身房里的那位理疗师，他见面就问我：“你觉得这周你的脸怎么样？”这让我措手不及，不知道如何回答。

“呃……我看是不是好一点了？”我反问道。

“真的吗？”他说，“你整个左脸看起来仍僵硬无力。”

“噢！”我说。

“试着张嘴。”他说。我试着把嘴张大，但是嘴却倒在一边。“试着眨眼。”他说，可我根本就眨不了眼。

在健身房里照镜子练习面部表情，在这么少的观众面前也无法完成简单的动作，让我感觉羞辱和沮丧。理疗师的朋友走过来看我练习，他有些大惊小怪，那种表情都扭曲了。他朋友说：“伙计，这太疯狂了！”然后他捧腹大笑，甚至没经我允许就用手机拍我。我有点像我喜欢的一部电影《雨中曲》中唐纳德·奥康纳饰演的科斯莫，里边有一个场景是他做了一个让人震惊的奇怪的鬼脸——“逗笑他们，逗笑他们！”但是我做鬼脸可不是为了取悦谁。

理疗师替他的朋友向我道歉，但是照相这件事让我觉得被侵犯了，我决定再也不去那里理疗了，我也确实这么做了。

关于我的发音，我不能说“P”，因为我的两个嘴唇没办法合在一起。非常遗憾的是，我说我女儿的名字霍普的时候也说不清楚。

我记得开幕式那天，我跟一个陌生人在东村（美国纽约市曼哈顿）喧哗的酒吧里对话。有个礼貌的陌生人问我，“那么，双胞胎的名字是什么？”

我说，“威廉和霍—”。

“抱歉，我没听清楚，是威廉和—霍？”

“霍—普。”我说。听起来像中风了。

“霍？”

我只能大声拼读出来，“H–O–P–E！这回感觉对了吗？”

“噢，霍普！”

“是的！”我大声说，希望对这样荒诞的情况报以微笑（没错，我给孩子取名叫霍和威廉），但是我做不到。

我以前从来没有特别珍惜我的微笑，但现在我意识到我曾经有相当好的笑容，笑起来脸型对称且饱满。我开始感到，不能用微笑对陌生人来表达我愿意说话，或者表达我愿意亲近，又或者表达我已充分理解是多么遗憾。我也意识到我们每天至少要 100 次依靠微笑这种微妙的密码。

我依稀记得，“9 · 11”恐怖袭击后不久，我在鸡尾酒会上遇到一位隐约认识的女士。我们讨论起旅行的变幻莫测，她说："我经常在飞机上对潜在的恐怖分子微笑，我认为如果他们也对我笑了，那就不是恐怖分子。如果没有对我笑，但是我给了他们友好的微笑，也许他们就会决定不通过炸毁飞机的方式实施恐怖袭击，因为他们已经跟陌生人建立了联系。"

"你怎么知道该对谁微笑？"我问。

"如果他们的胡子足够长，让他们看起来似乎爱上了上帝。"

"爱上上帝有什么问题呢？"

"嗯，如果一个人爱上了上帝，却仍以愤怒的方式行事。"

"噢，"我说，认为她对种族相貌的认识很古怪。"那你认为通过对恐怖分子微笑挽救了多少生命呢？"

"成千上万。"她说着大笑起来。她那魅力无限的红色口红反衬着她亮白的牙齿，然后她走了。

我想到了所有我没有拯救的飞机，因为我没有对陌生人微笑，但是这些飞机连同陌生人仍然被拯救了，那一定是他人的微笑拯救了飞机。

最近，在翻高中学校年刊的时候，发现了一张我咧嘴笑的照片。那时涂的口红是露华浓黑管口红，色号是"Toast of New York"，我和我的朋友在伊利诺伊州的沃尔格林超市发现了这款口红，我一直涂它，涂上就感觉自己长大了。这款口红是深红色的，我根据口红管上“Toast”这个单词想象它是棕色吐司的颜色。显然，来自美国中西部的我对文字纠缠的思想广泛到连支口红都不放过。

在照片中，我露齿而笑，留着空气刘海，头稍偏向一侧。摄影师告诉女孩子们头要倾斜一点并略带微笑，告诉男孩子们照相时少露牙齿，直接看向镜头。当时女孩子们可能不知道，她们正在试着做“杜乡的微笑”；歪着头微笑，从进化的角度来看是顺从的意思。

“杜乡的微笑”是以法国人吉拉姆·杜乡（神经学家）的名字命名的，杜乡在19世纪通过绘制精神病院患者的脸谱图来研究面部表情，他的研究显示：人真正的微笑是不受意志控制的眼部肌肉的自然反应，这种反应是真正乐于微笑、真心享受微笑的黄金标准，是由内而外的优雅。

杜乡描述了自主微笑与非自主微笑的不同：首先自主微笑是遵从内心的，其次自主微笑是由灵魂深处甜蜜的情感引发的。他把自主微笑时眼部会动的那块肌肉称为“善良的肌肉”。

高中的时候，有一年我决定对在公共走廊里遇见的每个人微笑，来看看他们会不会回以微笑，结果是绝大部分的人都对

高中时的我，有着“杜乡的微笑”

我回以微笑，这让我非常开心。

我刚到纽约的第一周，正 20 出头的年纪，我在地铁里对坐在我对面的男士微笑，他把这个微笑当成了我邀请他坐过来的信号。他真的过来把耳机摘下一只放到我的耳朵里，我歪着头看他，然后被迫听了一首歌。这件事让我明白，一旦我对别人微笑了，再说“不”就晚了，我的笑容代表我同意了。我记得一个老婆婆从旁边经过，瞅着我摇了摇头。

有一套不需言明的复杂规范指引女性在公共场合的微笑。不管她是否微笑，笑多长时间……晚上笑还是白天笑……对陌生人微笑还是对新邻居微笑……在自己的工位笑还是在会议室笑或是在银行笑……她的笑容可以起保护作用，是护身符，是可以保留或者给予的。

我失去了笑容，开始寻找其他奇怪的方式表达我的认可和友好。比如，当我看到我喜欢的人时，我会做一个奇怪的手势。更多的时候，我会发出“咯咯”“哼哼”的声音，但是却很难找到正确的表达方式，只是肚子在笑，而嘴不能完全张开。总之，明明在笑但又没有笑容多少是有点尴尬的。

我马不停蹄地向家人、朋友和以前就认识我的人寻找表达内心的方法（在我脑海中，我将我认识的人分成面瘫前认识的和面瘫后认识的），但是与患面瘫后第一次见面的人交流就难多了。他们对我没有过往的印象，也没有办法想象我以前的表情是什么样子。所以遇到陌生人的时候，我内心就开始斗争：我要不要解释一下我的脸正在做恢复治疗，所以可能看起来没有那么友好或者对话题没那么感兴趣？或者因为眼眉不能动，我要不要用稍微强烈一点的手势来表达兴奋和对话题的兴趣？我分情况来处理。有时我解释一下，有时我做一些奇怪的挥手动作，来对操场上和孩子一起玩的其他父母表达友好，多说一些“噢”来表示非常感兴趣。我常常觉得我就像个过分热情又笨拙的美国游客，来到了语言不通的国家旅游。

我和我那位演员朋友一起吃午饭，她在我生完双胞胎不久后来看我，她是个极具表现力的人，而同这样富有表现力的人交流，显然我的表情没有回应会让气氛非常尴尬。当她绘声绘色地给我讲故事的时候，我只能发出怪异的“嗯嗯”声。

如果一个人频繁对我发出无懈可击、有魅力且友好的微笑，对我来说简直是折磨。我试着回以微笑，这时脸部不对称的悲剧就出现了，只有一半脸在笑，实际上看起来更像是在做鬼脸。我想还是不要做什么表情为好，还是毫无表情地多说一些“嗯嗯”更好一点。

据说很多女性在产后出现的忧郁和失落，在见到孩子第一个“社交笑容”的时候会得到缓解。我的确非常喜欢看到我的宝贝们笑。威廉的笑容从刚出生起就有一种恶作剧的感觉，霍普的微笑则显得平静而自我陶醉，安娜的微笑看起来像是正在跟我分享一个秘密。

不能百分百回应孩子们的微笑，让我十分痛苦。

在对微笑的所有渴望中，我最想对我的孩子们微笑。

12. 手忙脚乱与高光时刻

如果你担心对孩子造成影响，就不要在网上看那些妈妈对自己的孩子做心理学家所谓“面无表情”实验的视频。在这些实验中，妈妈面无表情地看着她们的孩子，孩子们都吓坏了。这些视频是由心理学家制作的，试图研究冷漠或抑郁的母亲对她们儿女的影响。总之，心理学家证实，面无表情会对孩子造成不好的影响。

我看了这些视频，心想：天哪，现在我不就是正用僵硬冰冷的脸面对着我的孩子们吗？我想知道：我不能微笑会给我的孩子造成什么影响？他们会觉得自己不被爱吗？他们会不会因为模仿我也扭曲地笑？他们怎么知道我是无条件地爱他们，我是喜欢他们的呢？

我的丈夫也是一位精神科医生，他说：“不会的，你没有用僵硬冰冷的脸面对着他们。他们可以看到你一半的脸在微笑。但我仍然担心：婴儿能从一个不健全的微笑中读出温暖吗？他们不是正在学习脸部表情吗？

那年春天的一个下午，我推着双人婴儿车，带着我的双胞胎来到外面，随后坐在了斯泰弗森特镇花丛旁的一条长凳上。霍普呜咽着，她应该是饿了。我把她抱出婴儿车，给她喂奶。后来威廉醒了，也想吃奶。我放下霍普，把威廉抱在胸前。然后霍普又撕心裂肺地哭了起来。我感到很无助，只好把他们都抱回婴儿车推回公寓，这样我才能用“橄榄球式”哺乳法在床上同时给他们喂奶。两个宝贝在婴儿车里哭得脸都红了。当我回到家，用枕头将他们围挡安置在床上时，霍普哭个不停，她不愿意吃奶，我转而喂威廉。我绝望地躺在床上，一个孩子在哭，而另一个孩子在吃奶。

混杂不清的乳汁与泪水交织成了那年春天的时光，黑夜与白昼之间的界限都已模糊。我无法写字，瘦了不少。好吧，都是压力造成的，我这样想，还有母乳喂养的原因。我的内科医生给了我一张压力检测表检查我的状况。我筛查了一下给我带来压力的事情，发现压力来源是我的孩子。于是我把压力检测表交还给医生。

她说："看起来你正在遭受不小的压力啊！"

我说："是的。"

"有什么办法可以让你避开压力源吗？"她皱着眉头问道。

"你是说避开我的三个孩子？不，不行。"我说。

但欢乐？当然有过。那些让人紧张的不眠之夜也充满了欢乐。

然而，当我回首那些时候，却没有一张我与孩子们一同微笑的照片。这个年代，我们有时更在乎的似乎是记录快乐而非对快乐本身的感受。

★ ★ ★

在我生下安娜之后，我或多或少地琢磨出了如何重新提笔写作。我把我的桌子放在育儿室，趁她打盹儿的时候写作。当她开始走路的时候，我把一个婴儿学步车放在房间的一边和我之间。我带她去排练，在更衣室给她喂奶，带她外出参加首映式。

和安娜在一起，我虔诚地遵循了"亲密育儿法"的规定——给孩子穿衣服，带孩子去工作，在孩子饿的时候就喂她，和孩子一起睡觉。当我在排练时，我申请了一间演员休息室，以便我能在排练间隙照顾她。（我知道没有一家剧院设有专门的育婴室。）当我要在城外工作时，我甚至大胆到和一家剧院要过一次保姆的车票费。当我要求一个专门的育婴室或一张火车票之类的条件时，大多数情况下他们都会同意，有时还会提醒我不要把这当成是一个先例。但如今我已有三个孩子，我基本不再提这类要求。这群人行事似乎违背了美国剧院为其员工定下的服务原则，所以我只能尽自己最大的努力去做自己的事情。在我内心深处，肯定有过这样的想法：是我自己的错才导致我的家庭与我的职业不能平衡。因此我最好有所建树，好掩盖混乱不堪的场面。那时我并没有想到，这个行业也必须做出改变以适应其从业者。

在讲亲密育儿的书中，当你搜索双胞胎时，能得到的信息非常之少。书里大多会说：哎呀，但愿你不用工作（我要工作），希望你有一个完全忠诚的伴侣（我确实有）。随着三个孩子的到来，我不能带着孩子们去工作，我无法想象在他们都打盹儿的房间里写作。育儿室和书桌之间的界限变得模糊了。我不能带着两个小宝贝儿去排练，我无法在排练时给他们喂奶，因为这太让人分心了。为了保证我的奶水充足，我轮流带霍普和威廉去排练我改编的弗吉尼亚·伍尔夫的《奥兰多》（关于一个男人在不同年龄突然改变性别的史诗般的故事）。服装设计师没有意识到我生了一对双胞胎，还以为我是配合剧情，把孩子第一天打扮成女孩，第二天又打扮成男孩。

“不！”我说，“是两个孩子！”

当我在排练间隙给霍普或威廉喂奶时，另外两个孩子则在家里，由我们能干的保姆央宗照顾。在安娜还是小婴儿的时候我们就认识了央宗，她就像是上天赐给我们的礼物，耐心、冷静、善良，她比我更擅长哄安娜入睡。当安娜还是个婴儿时，出于经济和情感上的考虑，我曾一直拒绝给孩子非必需的照顾，但现在我有了三个孩子，央宗和我则正式成为一个团队。我用母乳喂养一个孩子，而她用奶瓶喂养另一个。我带安娜去看医生，她带双胞胎散步。

她成了我们家的一员。央宗从中国西藏来到这里，是一位虔诚的佛教徒。我不知道，随着时间的推移，她是否还会成为我的老师。

霍普和威廉3个月大时，我被邀请去参加一个为剧院的女性工作人员举办的颁奖典礼，我以为会是一次随意的聚会（或许是因为这是专门为女性举办的）。于是我带霍普一起去了，而不是准备吸奶器。同事们似乎更高兴了，我们来到了颁奖典礼现场，在大厅里混成一团，我把霍普抱在怀里。

突然，一场盛大的活动把所有的获奖者都聚集到舞台上，台上的我们还被安排坐在一群优秀的演讲者后面。我的老天爷啊，我没想到我们会露面。（令人滑稽的是，我竟然对女性颁奖典礼会有这样的假想。而在欢乐的礼来奖颁奖典礼上，一切都是为了引人注目。）我就这样抱着霍普坐在舞台上。在典礼前半段，她很安静。而事实证明，典礼很长。在后来格洛丽亚·斯泰纳姆开始讲话时，霍普却开始哭起来。我惊慌失措地看向右边，作家玛丽·罗杰斯朝我微笑，以示安慰；在母性的心灵感应之下，她在我掀起衣服给孩子喂奶时赞许地点了点头，而台下有300人在看着。霍普安静了下来。我小时候爱看的《疯狂星期五》（*Freaky Friday*）的作者玛丽·罗杰斯拍着我的腿说："对，就该这样做。"

那个月月末，我惊恐地意识到，我需要准备一件合适的衣服去参加托尼奖颁奖典礼。时尚公司偶尔会自愿为托尼奖提名的男女演员设计服装，但他们似乎毫无兴趣为一个忙碌的剧作家或者说年幼孩童的母亲提供服装。我在哺乳休息时间跑到布鲁明戴尔百货公司，买了一件非常适合我的蓝色长裙。它看起来有点儿像成年女士的舞会礼服，但它很合身，也不太贵，而且我一直很喜欢蓝色。

我认识一个从社会工作者转行的化妆师，并在托尼奖典礼之前请她帮忙。她说在她还是社会工作者时，曾给家暴受害者化妆，她发现通过给一个女人化妆和掩盖瘀伤可以让她们觉得生活更美好，所以她改行了。她给我化妆时非常温柔。我告诉她我不能眨眼，所以要小心睫毛膏棒，它看起来又大又危险。

颁奖典礼上，我走过令人生畏的红地毯。当被要求微笑时，我微微翘起右嘴唇，以免我的脸不对称。我想，这周围有这么多肉毒杆菌毒素，或许我一动不动的额头也不会太引人注意。

我闪过一个念头：肉毒杆菌毒素造成的脸僵是对称的，因此是美丽的；特发性面神经麻痹所导致的脸僵却是不对称的，所以令人不快。

我趁着中场休息时间去洗手间吸母乳。吸完之后，我惊恐地意识到我拉不上拉链了，礼服滑落了一半。我环顾洗手间，百老汇的名流在我周围涌动。我满头大汗地又看了一下女洗手间，右手撩起连衣裙背面，左手拿着我的黑色吸奶器，看起来有点像个炸弹。我吸引到了一位著名布景设计师的目光，她也是一位母亲。我问她能不能帮我拉上拉链，她笑了，并愉快地帮助了我。

我回到座位上，看着表演中舞者舞动的腿与闪耀的微笑，她们的牙齿洁白，眼袋也被遮瑕膏掩饰了。娱乐业虽然风光无限，但并不适合不苟言笑的人。对我们这些在黑暗中的——不完美的、笨拙的、不对称的人来说，这些穿着露肩低领衣、拥有迷人微笑的演员简直是超人的化身。

在整个颁奖典礼中，无论怎样我都不会有在电视上露面的风险。我没有期待过获奖，因为我的剧早就结束了，而且他们几乎从来没有在电视上提过剧作家。我的剧本没有获奖，但我得到了一袋好东西，并把它留给安娜。在庆功宴上我差点儿撞到凯特·布兰切特的肩膀。然后我就回家了。无论输赢，都能回家。你的身体对回家产生的感受比输赢更能预测一个人是否幸福。主要是，我觉得很累。

一到家，央宗就告诉我她希望我能获奖，这样我就能在电视上表达感谢了。身为藏传佛教的一员，央宗总是认同像感恩这样的价值观。我一直认为，所有的奖项都有一个消极作用，就是它们助长了艺术家对于获奖的贪欲，主要是这样艺术家就能公开向自己的至亲致谢。这一制度使身为同行的艺术家产生了竞争，这样获奖者就可以公开感谢自己的老师、母亲、孩子和上帝。

事实上，我们不必借助赢得荣誉而感恩。我们随时都能感谢我们所爱的人、感谢帮助我们的人，哪怕我们没有获奖。我们只是常常忘了去感恩。

不管怎样，我向央宗道谢后她就回家去了。

13.《蒙娜丽莎》和《疾病的隐喻》

以前的人们照相是不笑的，如果面带笑容会被认为是不得体或不庄重的。照片上都是男士身着西装、女士身着束身衣，面无表情地看向镜头。原先的美国总统就从来不会对着照相机镜头微笑，直到勇气可嘉、魅力无比的肯尼迪总统出现。对镜头微笑比对油画师微笑容易得多，模特儿要保持同一动作数小时，脸早都僵了。《蒙娜丽莎》这幅油画在那个时代可以说是非同一般，因为作为肖像画，微笑本身就非比寻常，而且微笑背后隐藏着秘密：她是真的开心还是有点忧郁？还有人物表情若隐若现，如果你多角度观察油画，由于视角和距离不同，她的表情又会有难以察觉的细微变化。

列奥纳多·达·芬奇的同时代作家瓦萨里写道："在画她的肖像时，列奥纳多雇人为她演奏和唱歌，并让她保持快乐，终

《蒙娜丽莎》

结了画家总是让肖像模特儿忧郁的惯例。”当列奥纳多白天让他的真人模特儿快乐时，晚上却跑到停尸房解剖尸体，研究面部肌肉是如何创造面部表情的。所以有些人称《蒙娜丽莎》的笑容为“难以捉摸的微笑”，因为她的表情含糊不清。仔细回味一下，是不是走近了看她更悲伤，离远了看她更快乐，就像我们认识的许多人一样？

神经学家研究了蒙娜丽莎的笑容，说脸部有轻微的不对称，只有左脸在笑，她的笑容更像一个谎言。在一项研究中，让42个观察者说出《蒙娜丽莎》的微笑中左右两边表达出的6种情绪。几乎所有人都说左边代表开心，而右边的答案花样百出，有的说毫无表情，有的说是沮丧，还有的说是悲伤，不一而足。

因为蒙娜丽莎的眼睛和额头并没有沉浸在她的微笑中，人们通常认为这不是发自内心的真诚的微笑，不像“杜乡的微笑”。如果她展示的是“虚假的微笑”，那她在隐藏什么呢？难道是怀孕了？是一个男人或作家的自画像？是妓女？是艺术家对母亲的回忆？是一个隐藏的密码（丹·布朗的小说《达·芬奇密码》）？

她在想什么？她到底在想什么？《蒙娜丽莎》所展现的微笑让观众和艺术历史学家如此沉迷，也许是因为她凝视的目光复杂动人，形成了浅表与深层的张力，吸引人们“穿透”其表面，探寻其更深邃的内涵。

很久以前，我去泰国拜访托尼的亲戚，其中一个亲戚坚持叫我蒙娜丽莎。是不是因为我笑的时候嘴是闭着的？或者我即将40岁？或者我看起来像是有秘密的人？显然，那还是在我得特发性面神经麻痹之前。

我隐瞒了什么吗？

我是一个不追求虚荣的人。也许不慕虚荣是从一边脸不能动开始的。25年前，当我第一次读夏洛蒂·勃朗特的小说《维莱特》时，我很认同小说塑造的故事主角（故事讲述者）露西·斯诺的形象和叙述策略，她没有标新立异、哗众取宠，无论哪个方面都很平凡。露西·斯诺认为：

“在我看来，这个世界上从来没有比‘培养幸福’听起来更空洞的事情。幸福又不是土豆，无法种在土里，用肥料滋养。幸福是一种光辉，照耀着我们。”

露西·斯诺没有主动地寻找幸福，她从英国来到法国的一个小镇——维莱特，成为一名家庭教师（就像夏洛蒂·勃朗特曾经去布鲁塞尔当家庭教师一样）。由于风俗和语言不通，露西·斯诺更多的时候是自己在思索。

《维莱特》是夏洛蒂第一部也是最后一部小说，之所以说是

第一部，是因为这部小说是基于最早期的手稿创作的，说是她的最后一部，是因为完成这部小说后不久她就去世了。

不同于维多利亚时期的其他小说，女主角一直在寻找合适的丈夫，《维莱特》更倾向于讲述主人公安静而注重内在的生活。几乎没有读者像喜欢《简·爱》一样喜欢《维莱特》，但是我喜欢这部小说，更多是因为它深刻地揭示了隐藏在深处的灵魂。从我写剧本开始，我就琢磨着怎么才能让微小而安静的片刻——那种经常在诗歌或故事中频繁出现的片刻更加戏剧化，我想知道戏剧这种外在、华丽而又具象的形式如何才能表达安静呢？

在《维莱特》中很少有哥特式的剧情。叙述者似乎是隐形的，她逐渐地消失了，虽然她主导了剧情，但是她是个完美的观察者。在故事的结尾，她终于让人们知道了她是谁。这种写法太让人震惊了。

当身体不能表达快乐的时候，又怎么体验快乐呢？我一直在探究这个问题。我有点儿瞧不起自己，因为我几乎陷入自怜中。我有三个健康可爱的孩子，还有一种不会威胁生命但令人恼火的慢性病。我觉得人生毫无快乐可言，然后内疚、生气。我经常通过买书来寻找答案，解决问题。

我买了一本关于生气的佛教图书——《你可以不生气》（*Anger*）。在这本书中，睿智而富有同情心的一行禅师详细描述了如何在生气时冥想、呼吸，然后因爱微笑。这个想法简单说就是在冥想时通过身体的调动产生微笑，进而达到内心的安宁。这与神经学的研究发现并没有不同，即通过表达产生情感，而不是通过其他方式。这也与查尔斯·达尔文所说的并无不同，“外在表情是内在情绪的一种表达，同时克制外在的表情会软化我们的情绪”。佛教徒几个世纪前就开创了这种情感表达技术。

所以我试着静坐，冥想，微笑。但是我痛苦地发现半边脸并没有达到我想要的感觉。我的脸像一个做工拙劣的木偶。

一行禅师在书中写道：“你知道怎么做才能看起来更漂亮，而不需要任何化妆品。你只需要平静地呼吸，保持冷静，发自内心地微笑。”

然后我平静地呼吸，想到的却是：如果我就是没办法微笑怎么办？

我继续读：“如果你能做一到两次，你就会看起来更好。只要照镜子，然后平静地呼吸，带着微笑呼吸，你就会感觉非常放松。”

照镜子微笑这个想法是世界上最不能给我安慰的办法，我真想把书扔到墙上。

然而，我喜欢一行禅师，他在另外一本书中写道：

“当我看到他（她）微笑时，我便立刻知道他（她）正沉浸在觉知当中……”

一个朋友写了这样一首诗：

我弄丢了笑容。
但是请不要担心。
蒲公英拥有它。

去他的什么蒲公英，
我想找回我的笑容。

面瘫一直不好，我很自责。（徘徊在脑海中的想法是这样的：都是我的错，没有多睡一点觉；都是我的错，没有更开心一些；都是我的错，要两个孩子；都是我的错，没有做剖宫产；都是我的错，没有立即针灸；都是我的错，都是我的错……）

苏珊·桑塔格在《疾病的隐喻》一书中指出，过度使用疾病隐喻，不仅使患者遭受疾病本身带来的痛苦，还产生了额外困扰。她在书中写道："疾病并非隐喻，而看待疾病最真诚的方式——也是患者对待疾病最健康的方式——是尽可能消除或抵制隐喻性思考。"

困难在于一个人想要给他的疾病以意义，就像一个人想要给他的痛苦以意义一样。但是如果你给了疾病太多的意义，你就变成了自己衰弱的代言人。据我所知，太多的女性容易对大大小小的事情自责，不管是健康问题还是其他问题。作家是不是更倾向于寻找象征意义而不是生理学答案？我是不是正为我生理上不能微笑而创造一种不堪一击、难以为继的隐喻？

桑塔格写道："心态导致疾病，而意志力可以治疗疾病——此类理论，无一例外地反映出人们对于疾病生理方面的理解何其贫乏。"

我掌握不了我的隐喻，就像掌握不了我的脸一样。

我用手捂住左脸，这是我的新习惯，想着："老虎！老虎！黑夜的森林中，燃烧着的煌煌的火光，是怎样的神手或天眼，造出了你这样的威武堂堂？"①

铛，铛，铛。我脑中的诗歌旋律挥之不去。布莱克借"威武堂堂"想表达什么意思呢？在诗中，布莱克问造物者是怎样

① 出自威廉·布莱克的作品《虎》，此处采用郭沫若翻译的中文版本。

创造老虎这样威武的物种——最后一句暗含着破坏的力量。威武中带有恐惧，因为威武是强大的，也是可以被消灭的。

那年8月，我们带着双胞胎和4岁的安娜去罗得岛“度假”，也是兑现带孩子们看海的承诺。我们租了一处旧农舍。农舍的房顶都快要塌了。大海，咸味儿的大海。我走进大海，拥抱大海；我还是不能完全闭上左眼；游泳的时候，海水会进入眼睛。我赶紧回到岸上，左眼被咸咸的海水刺痛，想眨眨眼都不行。

小时候，有一次我跟父亲站在大西洋边。一个巨浪过来把我冲倒。我屡次试着站起来，都没有成功，咸咸的海水灌了一嘴。突然，一个强壮的手臂把我拉了起来。浪的力量很大，但是父亲的力量更加强大。

现在，不想海水进我的左眼，我只能坐在沙滩上，作为一个旁观者，看着其他在海里游泳的人。试着尽量不去担心在海边玩耍的安娜。此时此刻，阳光强烈，当你不能眨眼的时候，明媚的阳光就变得无比刺眼。

我想象了不能闭眼的所有潜在风险：孩子把手指插进眼睛；试一件带有商标的新裙子，商标扎进了眼角膜；刚会走路的熊孩子往沙滩上的每个人身上扬沙子；睁着一只眼深吻倒是没啥风险，就是感觉怪怪的；所以我每次吻我丈夫之前都手动闭上我的左眼。

还好，干那事儿的时候，女人的脸都是扭曲的。我告诉自己，我与其他女人没什么不同，反正在黑暗中都一样。

那年夏天在罗得岛，我找了一位针灸医师治疗我的面瘫。（当用“我的”来形容面瘫的时候，说明这个情况实在是太久了。）我发现针灸医师是波兰人，而且非常权威。他告诉我应该在刚刚得病的时候每周针灸两次，一周一次根本不管用。他用品评的目光看着我，更多的是责备，说：“你还这么年轻！”似乎在批评我没有认真对待我的面瘫，没有做足够的治疗。他告诉我一有空就吹口哨。但我只能在用手压着脸部肌肉时才能吹出来，所以我像个短笛演奏者。

在手动吹口哨的时候，我想着他说这话是什么意思。难道是反语——你还是个年轻的女人？我对自己说，大部分女人到了 40 岁左右就感觉越来越不受欢迎、越来越想隐藏自己。我只是一个极端的范本、一个隐喻。如果你愿意，有很多办法可以隐藏自己。我的一位女性演员朋友刚过 50 岁，就开始用漂亮的爱马仕围巾隐藏无法改变的颈纹。我更愿意把颈纹想成树的年轮以及年代感和智慧的象征。（树木每年都会长出淡色和深色的圆环，都是春天和夏天生长的；我脖子上的颈纹是冬天长的。）但是我也有掩盖它们的冲动。

波兰针灸师也说过早针灸可能会伤害我的脸，而且达不到治疗效果。为我治病的第一位医生用的是电针灸，从某些方面来看，可能电针灸的刺激对神经产生了不好的影响。糟糕。不管怎样，我对波兰针灸师言听计从。在罗得岛的时候，每周找他治疗两次。我试着吹口哨，试着抬起我的眼眉，试着眨眼。

然后，那年秋天，一个里程碑事件发生了：我可以眨眼了，我能眨眼了！没有人告诉你眨眼是多么快乐。终于有一天：哈利路亚！我又能眨眼了！

我还是不能吹口哨或者微笑，但是，我能眨眼了！

眨呀眨，眨呀眨。

能眨眼太快乐了。尽管如此，我还是讨厌努力微笑对脸的影响。总体上，为追求快乐付出的巨大努力是痛苦的，而在微笑上付出的所有努力几乎完全抵消了无拘无束微笑所带来的意义。只是强迫做了一个鬼脸。我的脸像是一个不协调的运动系统：这边动了，那边不动。它像被解构了一样，不像一个整体。我也开始意识到为了微笑付出的极大努力带来的其他烦恼和困扰。

如果特发性面神经麻痹没有好转，随着时间的推移，你可能会看起来更糟，因为其他肌肉在做补偿运动。当我试着微笑时，脖子上的肌肉会因使劲而鼓起来。左眼几乎可以闭上了，最讽刺的是——我的嘴会向下弯曲，而不是向上弯曲。下页的照片是我在拼尽全力想露齿大笑。

所以我并不是试图微笑。两边的脸不能相互协调是一种困扰。但是，回想起来，刻意去创造一种宁静的心境以缓和外部这种僵尸表情是个糟糕的选择。

我试图让自己隐形，就像露西·斯诺。我在公共场合尝试过的最夸张的面部表情是让我的右嘴角稍微向上弯曲，就像《蒙娜丽莎》一样。

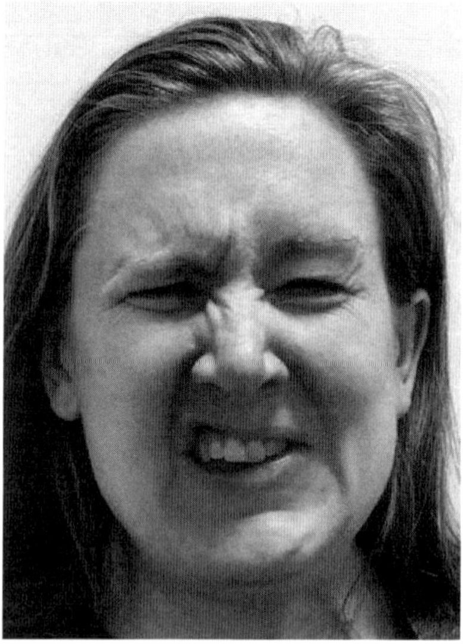

14. 三个幼儿和三种呕吐物

双胞胎可不是简单的“1+1”的算术题，我想用两倍的时间去陪伴他们，因为他们毕竟是两个孩子，他们也值得两个我，但是我不可能被一分为二。

在他们学走路的那段时间，我感觉危险无处不在。当霍普练习走路的时候，我牵着她的手；而威廉要模仿霍普，自己学着霍普走路，手用力抓住椅子，没想到椅子掀翻了砸在他头上。我赶紧过去把威廉从椅子下面解救出来，这时，霍普就会觉得威廉这样做很有意思，立即去模仿威廉，举起小椅子晃晃荡荡摔地上，小椅子又扣在了她头上。所以我只能把他们一个个地从椅子下面捞出来。他们同时出现成长的里程碑固然让人陶醉，可还是会吓到一直对外面世界充满焦虑的妈妈。一次，他们坐在高脚椅上吃切好的草莓，霍普噎着了，我赶紧抱起她，把她

吃饭时的霍普和威廉

翻过来使劲拍她的背，看着她把草莓咳在地板上，然后我抬头看向威廉，确保威廉没事。好在他没噎着。

带着三个孩子，没法参加开幕式，也不能放飞自我再写作，只要是镇子以外（远一点）的开幕式我都不去了。有一次我同意去较远一点的地方彩排戏剧，我告诉导演我不能整月都参与排演，只能是开始编剧的第一个星期和预演前的最后一个星期过去。去的时候孩子留给了托尼和央宗。离开孩子让我极度不适，我从来没有离开他们超过 2 天，霍普和威廉正在断奶期，他们两个快要一岁了。

飞机缓缓驶离跑道，这是我第一次不带他们独自飞行，头 5 分钟我感到一阵胸闷难耐，然后才喘过气来，开始放空自己享受孤独。在机场有大把的闲暇时间该怎么打发呢？闲下来的手脚该如何安放？我可以喝点儿咖啡、读会儿书，同时做这两件事，这也太奢侈了吧。

开始排演的时候，前儿天我还能气定神闲地写剧本。生双胞胎之前我就开始写这部剧了，现在到了把剧本翻译成舞台语言的关键阶段。我再次感受到了和演员们合作的乐趣，在同一个房间里演绎着另一个世界。

第一个星期过半的时候，托尼打电话告知我威廉住院了，他又犯了呼吸系统疾病。托尼不想让我担心，怕我因恐慌提前回家而耽误工作。作为医生，他认为自己有能力处理这个问题，但是他又觉得我应该知道。像威廉这样的早产儿比其他婴儿患呼吸困难和哮喘的概率要高得多，因为他们出生时肺部就发育不良。威廉只要感冒，就会呼吸困难，我们必须给他用雾化器。事实上，当霍普第一次学会说话的时候，她很难发出“威廉”的音，所以称他为“米友”，这成了威廉在家里的昵称，但她说雾化器这个词的时候毫不费力——她习惯看到客厅里的雾气，习惯了雾化器挂在哥哥的脸上。

3 个月大的时候，威廉就经历了一次哮吼，哮吼是很可怕的一种疾病，这次听起来更加糟糕。威廉在纽约的一家医院治疗，医生说他有医学上称作“收缩”的症状，他在呼吸的时候发出咕噜声，整个胸部在呼吸时剧烈起伏。在医院，他被诊断出患有呼吸窘迫综合征，并服用了类固醇和沙丁胺醇。因为威廉病了，而我不在他身边，我担心得发狂。托尼让我安心留在芝加哥完成工作，但我还是迫不及待地飞回了家看威廉。

在我离开的一个星期里，两个小家伙完全断奶了。当我试着给他们哺乳的时候，他们只是直愣愣地看着我，像在问“干吗？”，然后就扭头不理我了，要嘬奶瓶。那当然很好。将近一年的母乳喂养，快把我的身体掏空了，我也没多少母乳了。当威廉好了之后（药物和雾化器起了作用），我回到戏剧排练场彩排，已经是预演和首演前的最后一周。预演是剧本被观众检验之前那段神奇又焦虑的时光。在首演之夜，令人欣慰的是戏剧表演竟然没有一点瑕疵，观众准确地踩在戏剧中的每一处笑点上。

演出结束后，我们到剧院附近的酒吧庆祝。我现在不用哺乳了，一杯脏马提尼简直再好不过；导演，是我的好友，跟我举杯同庆。敬酒时，艺术总监走过来。我以为他来祝贺我们，因为观众热情洋溢。然而，他却来指责我在排演过程中经常缺席。当其他人都在喝鸡尾酒庆祝的时候，他跟我说我是美国剧院里最懒惰、最不负责任的编剧，说我不愿意出现在排练场，不愿为了首演改剧本。他必定不知道这段时间为了剧场的工作，我非常有效率地给双胞胎断了奶，他也不知道我的儿子最近曾生病住院。他还说他对我很生气，认为纽约其他剧院也许有我剧作的好版本，但是他的剧院只有我的普通版本，因为我在这里投入的时间不够。

他的话让我瞠目结舌、火冒三丈。我想：我究竟为什么要继续在这里工作？

第二天早晨，艺术总监为他昨晚的冲动道歉。我喜欢道歉。并不是每个人一生中都能原谅别人或者被别人原谅。我把每一次谅解看作暴风雨路上捡到的一颗小宝石。所以我原谅他了。如果我把更多的时间分配在排练上，在照顾孩子和写作上分配的时间少一些，戏剧会不会更好呢？这是有可能的。放弃我的注解，不是因为我不在而是因为我不认同他们的审美能力，有没有可能？也是有可能的。无论如何，如果我原谅了艺术总监（我也确实这么做了），为什么我还要把他的话和这件事都写下来呢？我想我这么坚持是为了告诉那些剧院的领导以及雇佣女性的单位领导，一个需要哺乳的双胞胎妈妈在外地工作的时候是什么样的状况。

★ ★ ★

那年冬天回到纽约，当我的双胞胎宝贝还在学习走路时，我感到很孤独。我甚至都不想写作。我只是想度过每一天，有可能的话试着走出屋子。在屋子里憋闷好几个星期之后，有一天我决定带孩子们去外面遛一遛。那天很冷，结果我们都得了胃肠感冒。

三个孩子的脾气在呕吐的时候表现得淋漓尽致。安娜吐起来无所顾忌。霍普沉着冷静地呕吐，到她 3 岁的时候，她可以自己清理呕吐物，然后去睡觉。威廉在床上温和地吐，一次又一次，低声啜泣。

安娜在厨房里吐得满地都是，为了让双胞胎不踩到安娜的

呕吐物，我把他们放在婴儿餐椅上。我还保留着当时的照片。安娜高傲地坐在她的呕吐物旁边，霍普坐在餐椅上盯着地上的呕吐物。威廉那时没在镜头里，应该不是在吐就是在睡觉。

但是那天，我决定必须走出暗无天日的屋子。我们在家里待了一个星期了，胃肠感冒已经好了。现在只需要一个目的地。我们要走出房间，我决定了，我们必须去，去……哪里呢？唐恩都乐甜甜圈店。可以。这是一个可行的愿望。我刚给霍普穿上袜子，她就给脱掉了。我又重新给她穿上袜子。然后，我给威廉穿连体冬装，但是冬装的脚底有点滑，他摔倒了，撞了头。这时，霍普又把袜子拽了下来。我几近崩溃，怒吼着："该死的，我是出不去这个房子了！"

安娜说："你太可怕了，妈妈。"

正想往外走的时候，我听到谁放了一个大屁，威廉拉在了裤子里。我脱下他的连体服，在走廊里快速给他换了纸尿裤。附近没有垃圾桶，我把有臭臭的纸尿裤放在地板上。在我给他换纸尿裤的时候，他又尿了我一脸。然后从我的余光中，看到霍普正爬向那个脏纸尿裤……

"不！"我喊了起来。那个时候我知道：我们是去不成唐恩都乐了。

15. 一张脸的两面

那年冬天，我观看了自己翻译的契诃夫戏剧《三姐妹》的试演，备受赞誉的女演员们在试演间里夸张地表演着，而我面无表情地看着一直在哭泣的玛莎（《三姐妹》中的二妹玛莎）。那个试演玛莎的女演员简直太会哭了，眼泪冲出眼眶时像决堤了一样。在这些极力表现的演员们身后的墙上，有一面镜子。

我能通过镜子看到我自己表情呆滞，像戴着一个面具。我又在想：一个人如果不通过面部表情来表达喜悦，那么他通过什么方式表达喜悦呢？微笑本身能创造幸福吗？还是幸福创造了微笑？这不仅是一个神经学问题，也是一个宗教问题，更是演员要思考的问题。

演员为了表现悲伤就要经历悲伤吗？曾经有一项神经学研究，检测了演员表演后的生理状况。一个在舞台上经历过悲伤的演员和一个经历过悲伤的普通人之间没有生理上的区别。这让我很同情演员。

希腊人表演时会使用喜剧面具和悲剧面具，悲剧面具的眼睛和嘴都向下弯，喜剧面具的眼睛和嘴都向上扬。

表演者戴上一成不变的面具，不仅可以表演，而且可以形而上学地引导这些情感。

20 世纪 70 年代，英国戏剧大师肯 · 坎贝尔提出了一种分别使用两种面孔来表演的方法。他说："就像斯坦尼斯拉夫斯基和布莱希特一样，我发明了一种全新的表演方法，我称之为对立面转化方法。对立面转化理论认为左脸和右脸分别表现不同的人格。如果你经常照镜子，就知道我说的意思了。比如，我的右脸呈现的是一个无能的家庭主妇，而左脸可能呈现的是一个严厉的乡绅！"

对立面转化来源于古希腊，是关于对立的两面如何相互转化的一个理论。古希腊哲学家赫拉克利特认为，事物都是相互转化的，他说："冷变热，热变冷，湿变干，干变湿。"肯 · 坎贝尔把这个概念运用到表演风格上。

我跟一位女演员聊天，她在英国曾经短暂地跟坎贝尔学习，我问她怎么才能把脸分成两部分。她说如坎贝尔所说，这比想象的容易得多，她的一边脸气势汹汹，另一边更平静。如果她知道了这些自然的面部表情，并有意识地夸大，那么很快她的脸上就表现出了两个角色（一个温顺乖巧，一个咄咄逼人），不得不说，这张脸非常、非常漂亮。

我记得《美国剧院》杂志认为拍过一张非常荒唐的照片，那个时候我还可以微笑，正怀着安娜。摄影师跳来跳去，抓拍了照片，叫我和另外两位女剧作家用我们的眼睛微笑，而不是用嘴微笑。我当时又急躁又饥饿。那个月三个女剧作家登上了封面，是因为我们在那一季完成的剧本最多。摄影师说我们要能脱下羊毛开衫会更好，因为对女剧作家来说，"露出一些皮肤"会更好——看起来更温馨一些。我和林恩·诺塔奇听话地脱下羊毛开衫，而特蕾莎·雷贝克盯着摄影师，并没有脱掉她的羊毛开衫。真厉害啊，特蕾莎。

那个摄影师给我们拍了很多照片，让我们双臂交叠放在胸前，看起来更有力量，然后又大声说，"不要用嘴微笑，用眼睛！"我想：我又不是演员，我根本不知道怎么做。

当然，我也并不是从来没有表演过。七年级的时候，我曾扮演《傲慢与偏见》中轻佻自得的妹妹玛丽。在当地的一个社区剧院，我还扮演过《查理和巧克力工厂》中奥古斯塔斯的妹妹。但是，也许你会说，奥古斯塔斯没有妹妹。没错，这只是个小角色。我在伊利诺伊州埃文斯顿著名的皮文剧场工坊学习表演。我喜欢和我的伙伴们一起享受表演，但一旦观众来了，我就不像原本那样享受表演了，我是以饱满的信心追求表演吗？

剧作家是一种奇怪的混血生物。我们享受独自写作的时间，但我们总是渴望加入战斗中——只听我们和满屋子极具表现力的那些演员大声说话。也许剧作家可以分为两种：一种是从演员发展而来的，他们更喜欢表现而不是坐在那里写作；还有一种（我倾向于这种）是从写诗开始的，必须鼓起勇气才能在排练舞台坐下。但剧作家在某种程度上与所有作家一样，永远都是观察者，作为观众观察演员们的表演。

★ ★ ★

我列了关于微笑的一些表达：

笑逐颜开

前仰后合

笑口常开

强颜欢笑

忍俊不禁

百万微笑（就像茱莉亚·罗伯茨为微笑购买了 100 万美元保险）

笑得浑身颤抖

眉开眼笑

你以微笑对世界，世界待你以欢愉

然后我想：

她的脸垮了下来

她的脸垮下来应该意味着事情发生得很突然，一切归于现实。但是她的脸，垮了……越来越垮……面无表情。

安吉丽娜·朱莉得特发性面神经麻痹的时候，几乎立即就好了，又恢复了她超自然的美貌。她说做针灸好得快。我也做了针灸，却没有收到同样的效果。可能是她的情况好一些，也可能是她针灸的次数多一些。

蒂娜·菲——我的偶像之一，被问到她童年留下的疤痕时，她说童年的她很自信，经常忘记脸上的疤痕，直到要面对镜头，她才会被要求从没有疤痕的一面拍摄。

没有人认为蒂娜·菲因为创伤性的伤疤而被要求从右侧拍摄有什么问题，但人们会指责演员仅仅因为虚荣而要求从“美的一侧”拍摄。传言脱口秀节目被要求调整角度，因为这样芭芭拉·史翠珊就可以展示她的左脸了。克劳黛·考尔白出了名地喜欢她的左脸，片场的木匠疯狂地重建了门道，让她穿过。她会在右脸涂油彩，这样摄影师就不能拍到她不喜欢的那边脸了。

爱莉安娜·格兰德仅仅因为从她左侧拍照就受到公开嘲笑；一个人甚至给她的右脸颊写了一封信，让右脸露出来。玛丽亚·凯莉喜欢露右脸。琪恩·亚瑟也是，最喜欢露出右脸，避开摄影师和宣传，她经常被偷拍到用右手捂着右脸颊。

有好的一面，也就暗含着坏的一面。但显然我们都不如我们想象的对称。事实上，肖像画家往往通过刻画脸部的不对称而不是对称，来塑造栩栩如生和兴趣盎然的面部表情。

伦勃朗的自画像分为明暗两部分，从明暗不对称中发展出绘画的戏剧色彩。我开始把我的脸也想象成明暗两部分。一边向上，一边向下。当我还是青少年时，我喜欢研究人脸，试着在纸上刻画人物神韵，渴望成为肖像画家。现在，我看着我自己模糊的面孔——肖像画家能通过描绘我的脸，再次捕捉到我的灵魂吗?

那段时间别人为我拍照的时候，我会问摄影师是否能侧身，或者展示我“好的一面”，这对作家来说简直是荒谬和徒劳的。我得面瘫的脸在左侧，从理论上说，左脸表达更多的情绪。科学研究表明，被调节情绪的右脑控制的左脸会表露更多的情绪表情。有些人据此得出结论，演员通常喜欢左脸多一些。

这是不是意味着如果我的右脸被情绪感染了，我的表现会更加平淡?实际上，我没得面瘫的时候也是有点扑克脸的。

在我二十出头的时候，我和一个拍电影的男士约会，有时我会制作些简短的实验影像来逗他。记得有一次我本来应该表现得非常愤怒，我拍了那个情景，心里充满愤怒。当他把录制下来的影像给我看的时候，我发现我只是非常冷静地在说话，根本表现不出任何愤怒。难道我用面具掩饰了我的愤怒?

我的扑克脸在排演的时候非常有用，不会对正在表演的演员和敏感的演员产生影响。同事有时会嫉妒我的扑克脸：“你怎么做到的呢?”他们会问：“是多年的经验吗?是性格吗?我都不知道你在想什么。”在排演的时候不诱露自己的想法，对剧作家很重要。

有时候想象一个女演员扮演患有特发性面神经麻痹的我会很有趣。我想象她不得不用透明胶带使眼睛下垂，嘴唇向下倾斜。“你多勇敢啊！”想象中她的化妆师会这么说。就像妮可·基德曼扮演的弗吉尼亚·伍尔夫一样，给她装了一个球茎状的假鼻子，这让我很恼火。伍尔夫的鼻子才没有这么大，不是吗？弗吉尼亚·伍尔夫在当时就被认为是非常美丽的。为什么她一定要显得丑，才能写得出耀眼夺目的散文呢？

我遇到的那些得过特发性面神经麻痹的人都向我保证，我的面瘫很快就会好。演出结束后，我去后台拜访了一位演员朋友，跟她说我喜欢她的表演，虽然我无法通过表情表达出来。后台的另一个演员听到我的话，朝我露出了完美的笑容，告诉我我的面瘫随时都会消失。他得过一次，三个星期后就好了，他灿烂的笑容也证实了这一点。我感激地做了个鬼脸，至少庆幸我是一个作家而不是一个演员。我没有告诉他，我的这种状况已经持续一年了。

如果没有闪现或者展示对称性，就不会是美丽的笑容。嘴唇短暂地拉开笑容对称的序幕。没有对称，微笑就会成为假笑、皱眉和鬼脸。对称本身就表示愉悦。自发的、不经思考的、也许有点威胁意味的露齿微笑说明，我不会吃掉你，我喜欢你。

从生物学上说，对称是愉悦的，甚至果蝇都喜欢对称。显然对称的果蝇比其他果蝇更容易被求偶。研究表明，大学新生和懦夫也喜欢对称。

为什么我们总是希望左右对称而不是上下对称呢？我们不会介意头和脚不对称，但我们会不太喜欢只有左手而没有右手。在电影或戏剧中，一只手的人或者奇形怪状的人通常被认为是居心叵测的，例如，胡克船长，达斯·维达（《星球大战》中的西斯黑暗尊主），《神奇女侠》系列中的毒药博士。为什么反派角色都存在不对称的元素设计呢？漫画中小丑的形象往往是：一只血色眼睛，一个面具，一个伤疤，一只丢失的耳朵。我遇到的一位理疗师告诉我，一个得特发性面神经麻痹的患者非常像小丑。（我想：我像哪个卡通反派人物呢？）反派形象也不都是不对称的，有时完全没有表情，像《千与千寻》中的无脸男。显然《星球大战》中的反派人物达斯·奈亚利斯就是在无脸男的基础上设计出来的，尤其是面具的设计。这些奇形怪状或者无脸的反派人物象征着费解难懂、永无止境的贪婪、复仇和无固定身份。

但是不对称的人能成为主角而不是反派吗？

在荣格（创立了荣格人格分析理论）的词典中，一个残缺的人更接近上帝。他们隐藏着一个秘密或者具有隐藏的潜力，指向数字 1——上帝的数字。但是，我们把不对称的人放在哪里呢？放在不对称的故事里吗？我们把有一只腿、弱视、歪嘴的人放在哪里呢？给他们写剧本吗？给他们建剧院吗？如果对称是美的，但生活是不对称的，那么艺术如何模仿生活并将真实的生活表现出来呢？

那段时间，我带安娜去上空手道课，在镜子中看到自己的脸。我想：这是一张只有自己妈妈才不讨厌的脸。然后又想：哦！以妈妈的名义。对啊，事实上，妈妈爱孩子们的脸，不管是什么样的脸，不管是什么表情。这句话表达的理念多么美好。然后，我不由自主地想：耶稣会爱我这张扭曲的脸。

在童年的时候，我常常想到上帝而不是耶稣，但是我现在想，耶稣是如何体现的。我们在这一生未被允许看“上帝的脸”，但是我们看到了耶稣的脸和手，看到他穿着长袍走来走去。在主日学校，我可以给他的照片上色，他可以把手轻柔地放在我的脸上。

然后，《圣经·哥林多前书》中有关保罗的段落在我脑海中闪现：“我们如今仿佛对着镜子观看，模糊不清，到那时就要面对面了。我如今所知道的有限，到那时就全知道，如同主知道我一样。”

即使是在来世，我们还能通过脸来相认吗？

16. 只能继续生活

从某种意义上来说，双胞胎是对称性的终极表达。如果是龙凤胎，即一个男孩和一个女孩，就更加称心如意了。阴和阳都有了。在文学作品中，双胞胎经常被用来代表另一个失去的自我：在莎士比亚《第十二夜》中，一对双胞胎在沉船事故中失联，最后团聚。分离的场景过去了，最终欢聚一堂充满喜悦和对称性。如果他的传记是真的，莎士比亚本人也生有一对双胞胎。他有一个大一点的女儿和一对双胞胎。有 7 年神秘的岁月被称为莎士比亚失落的岁月，在这 7 年中他没有写作。没有人猜测他不写作是因为他在给双胞胎换尿布。也许他在剧里的妻子安妮 · 海瑟薇冲着他大吼，比如：你最好不要写你的狗屁剧本了，有时间不如抱抱孩子，我自己又不能同时抱两个。

霍普和威廉一周了，我为他们的健康感到莫大的欣慰和感激。但我的脸还没好，让我非常苦恼。在治疗了一年后，本来应该好些了或者完全治愈了，但是我一点儿都没好。患特发性面神经麻痹的人中，有85%的人只在3个月内就好了，95%的人一年内会好一些。我知道这个数据，既然我没好，说明幸运就没有降临到我头上。我被遗弃在罕见的、非比寻常的、离群寡居的、概率只有5%的慢船上，就像之前患胆汁淤积症时一样，1 000个人里也只有1个会得，而我正是那千分之一。

我走着去超市买生日蜡烛，被计时器惹怒了，又对我的脸很气恼，然后又为我生气这件事恼火。我认为我可能还是得去看一下之前讨厌的那位神经科医生。

我振作精神，进了地铁，去了上东区那个充满坏消息的地方。

一进入他的办公室，我的神经科医生（我不记得他的名字了，我有个难以置信的能力，能够忘记我不喜欢的人的名字）认出了我，说："让我看看你怎么样了。"我迷茫地看着他。

"笑一笑。"他说。我试着微笑。我的左脸一点动静没有。"抬起眉毛。"还是什么都没有发生。他认真地看着我足足有30秒。我想他至少应该对我有限的但是不可思议的进步说点什么——毕竟我现在能眨眼了！这是多么大的成就啊！而且我现在吃东西也不流口水了。我甚至能在嘴里移动食物了。我骄傲地告诉他这些。

“你知道你有痉挛吗？”他问。

“没有啊。”我说。对他指出这点我非常不高兴。

“你现在正在痉挛，”他说，“我觉得你应该看一下神经外科。”

“他们准备为患者做手术？”我问。

“是的，”他说，“现在正在试验阶段。”

“你说的是整形手术？”我问。

“不，是神经外科手术，宝贝。”他说着搓了搓小手。

我真不敢相信他对神经外科手术如此兴奋，竟然兴奋到叫我宝贝。

“我不确定我需要神经外科手术，”我说，“我需要用脑，写作，还有其他事情。”

他让我认真考虑一下手术的事情——因为我的神经连接得不正确、不完全，有一个很长的以S开头的希腊文单词可以说明我的病情。那个单词他刚说出口我就忘了，他建议我去找纽约大学的神经外科主任。

我跟他解释说我今年没怎么休息，也许多睡觉会好一点，而且我已经给孩子们断奶了，多休息会帮助恢复。他说现在这个状况跟休息没有关系。

他跟我说我现在所做的一切对恢复毫无意义，针灸不管用，理疗不管用，休息也不管用。我的神经搭错了，他说，就像电线错乱了一样。我问他手术是否能够解决这个问题。“不一定，”他说，“却是你唯一的选择。”我真的不想在这个人面前痛哭流涕。

我起身离开。他说我闪亮的靴子很漂亮。“是雨鞋。”我说。

“但它们很闪亮。”他说。

我失魂落魄地逃离了他的办公室。更糟糕的是，大雨倾盆而至。我觉得自己有理由沉浸在这可悲的谬论中——雨一定也是因为自怜，所以才倾泻而下。

几个月过去了，我没有给纽约大学的神经外科主任打电话。

取而代之的是：

一位来自巴巴多斯的婴儿护士——我见过的最富有同情心的女人，告诉我把肉豆蔻放在面瘫的那边嘴里咀嚼一天，我照做了。

一位阿育吠陀（印度草药医学）医生告诉我可用芝麻油按摩脸颊，我照做了。

我读《人物》杂志，里边有个名人拿振动器按摩浮肿的眼部以增加血液循环，我也用振动器按摩左脸希望有点作用。

我做了莱姆病的测试。结果并不确定，但我还是吃了很多抗生素，反正我已经不需要母乳喂养了。

有人让我吃维生素B_{12}，我吃了，它搞得我很兴奋。

我还试了灵气疗法，灵气疗法很好，能让我睡着。

还有人推荐了脊椎指压治疗师。他用一把粗硬的刷子刷我的脸颊，让我找粗糙的东西按摩脸，我照做了。

有人推荐我做颅骶骨按摩，我预约了一次。按摩师说："你的左半边身子都没有能量，我感受不到能量。"她似乎对我倍感沮丧，好像我自己愿意这样似的。

央宗说她认识一位可以通过触摸治疗治愈面瘫的僧侣，我非常愿意见见，她去找那位僧侣，结果他已经去世了。

最终，我决定什么治疗都不做了。那位长着一双小手的神经科医生说得对。做什么都没有用。我只能继续生活，忘掉我的面瘫。

17. 观察者与被观察者

孩子们还小，我从来没考虑过教职。但是双胞胎一岁半的时候，我开始在耶鲁大学教剧本写作。宝拉因为一场戏剧制作工作需要离开一个学期，请我代她教学。我从来不拒绝宝拉。站在托尼右边的女士安妮正好是托尼的老师和导师，那天为我们主持婚礼。

宝拉是我20岁失去父亲后，支持我继续写作的人，是我26岁肾脏感染时，坚持让我治病的人。那个时候我没有医疗保险，是宝拉给了我500美元让我治病。话说这笔钱一直在传递，我后来雪中送炭给了一位年轻的作家。因为宝拉说等我有能力的时候，这笔钱不要还她，而是用来帮助需要帮助的年轻作家，就这样，这笔钱像是一个礼物一直在传递。而宝拉给我的礼物却无法估量。

安妮·斯特林、托尼、我和宝拉·沃格尔在我们婚礼上

所以当宝拉让我帮她代课的时候，虽然我的孩子们都还小，体力也有限，但我还是立即答应了。教学是一种救赎——把自己的想法传递给别人，正是我需要的。每周我坐美国铁路公司的火车到纽黑文市去，因为它是最安静的列车，也是美国唯一宣扬公共场所需要保持安静的列车。我等着列车员发出模式化的广播“请保持图书馆般安静的氛围”之后，就可以坐下来阅读和写作了，可以沉浸在自我的世界里不被打扰。

而那也是我生命中少有的安静时光。

当第一次见到我的学生时，我一直在犹豫，是告诉他们我不对他们微笑是因为我患有面瘫，还是假装一切正常，让他们猜测我只是有点冷漠？学生可能比我脆弱，所以我还是决定提前告诉他们我患有特发性面神经麻痹，唯恐我的扑克脸伤害他们，让他们以为我不喜欢他们或者不喜欢他们的剧作。我说如果我在听的时候露出不赞同的表情，那就是我的脸背叛了我，那不是我内心所想。学生对老师的言语和表情非常敏感，因此我不时地加入一些赞同的低语肯定他们。

我安排了一些破冰游戏让学生们在学期开始就互相熟悉起来，比如两人一组安静对视，相互观察。

我做这项活动出于两个目的：首先，凝视一个人的眼睛两分钟就能立即产生了解这个人的感觉（这是被亚瑟·阿伦的爱情实验充分证实的，而且在流行文化中被极大地简化了）。其次，我希望学生们能深刻感受被观察的时候是多么的脆弱。

我个人发现这个练习非常不舒服，尤其是作为被观察者时。当我做这个游戏的时候，如果处于被观察者的位置，我就假装自己是观察者角色。这是我忍受被观察的唯一方式，尤其是现在还患有特发性面神经麻痹。剧作家作为永恒观察者的角色总是适合我，我喜欢观察别人而不是被别人观察。我开始意识到在过去的几年中，我的冰冻脸让我更深地陷入了这种境地。我能在社会环境中生存下来，是由于我自欺欺人地认为我只是观察者，躲在我的扑克脸后边，置身事外。如果谈话时我想做出眉飞色舞的表情，我的脸就很扭曲；如果我有着中立的观察者的脸，我就能控制我的脸部痉挛。

换句话说，如果我始终保持一副严肃、毫无表情的面孔，许多人就猜不出我的面部残疾。只有我试图咧嘴一笑，让观众更充分地进入我的情感状态时，我扭曲的脸才会背叛我——哦，如果我说话的话也会这样。这种作为观察者的处世方式的严重缺点是，我看起来很孤僻或冷漠。再严重一点——如果身体可以影响内心，我不仅显得更加孤僻和冷漠，我也会真的变得更加孤僻和冷漠。

还有，作为一个出生在热情的伊利诺伊州的人，我往往会被冷漠的评论刺痛。

★ ★ ★

我 18 岁时，父亲被确诊为癌症，我得到这个消息后严重失眠。我在普罗维登斯浪荡了几个月。在彻夜未眠之后的凌晨五点，我还在所有商店都关门的街上试图寻找一些生命的迹象。后来我去了布朗大学的心理服务中心，希望他们能给开一些安眠药。和一位治疗师预约后，当然，她想知道我父亲是如何被诊断为癌症的，但是我不想谈论这些。

她挑眉看着我，问我是否愿意跟我的室友谈论我父亲的癌症。“并不，”我说，“我们没有那么亲密。”治疗师显然想更深入了解：“你为什么跟室友不亲密？”“我们没什么共同点，”我告诉她，“她听的唯一专辑是*Stand by Me*原声带，一遍又一遍地听。”

治疗师继续问：“你觉得你的室友是怎么看你的？”

我讨厌这个问题。“我不知道。”我说。同时非常不舒服地把脸转向一边，我意识到我可能得不到想要的安眠药了。

然后治疗师提出了若干可能性：“她觉得你冷漠？挑剔？不

友好？势利眼？

回到宿舍我大哭了一场，但拿到了三片蓝色的安眠药，我脑子里挥之不去的是：冷漠、挑剔、不友好、势利眼。

我后来逐渐想借助舞台上演员们的表演来表达我的愤怒和悲伤，是偶然的吗？

在往返耶鲁大学的路上有两个小时的安静时间，我又开始写作了。我一直没有足够的时间来写作，但我想如果我能从早到晚构思，睡觉前再把想法写下来，我就会战胜混乱。我写这些短文来保持思想自由，从没想过要出版，但最终它们合成了一本书，书名叫《我没有时间写的100篇文章》。

在耶鲁，我遇到了一个名叫马克斯·里特沃的优秀学生。他刚来我的教室上课的时候20岁，看起来就像一位古代的圣人。他那时正从儿时疾病中恢复，他是一位才华横溢的诗人，让我想起为什么当初想从事写作。在我上剧本写作课的时候他的癌症又复发了。剩下的时间他最想做的事就是写作。我们成了要好的朋友，我在乘坐火车时给他写长信，以分散他对化疗的注意力。我们一起整理了往来的信件，编成了一本书。我们一起喝汤和交流。在他做完一次特别痛苦的肺部手术后，我们拍了一张自拍照，我们俩看起来都很开心。尽管他身体极度痛苦，

马克斯·里特沃和我的合影

但他看起来还是很高兴；尽管我得了特发性面神经麻痹，但我看起来还是很高兴，因为僵掉的那半边脸没在镜头里。

马克斯教给我的风度和体面，比我希望他这样的年轻人知道的更多。不幸的是，他在24岁的时候还是因癌症离世了。

18. 雪上加霜

你有没有看过维米尔的油画《读信的蓝衣女子》？这是我最喜欢的油画之一，我的卧室挂着一幅复制品。一位怀有身孕的女子，穿着一件漂亮的蓝色外衣，头低垂着，正在读信。20年前，我在阿姆斯特丹看到这幅画，就买了海报。可我把那张海报落在火车上了，考验荷兰邮政服务和人类基本道德的时候到了，大约3个月后，海报整齐地卷在一根漂亮的黑色管子里，被一个陌生人一路送到了美国。所以我非常喜欢这张海报的理由很简单：一件珍贵的物品在人类的悉心照料下失而复得。

我非常喜欢这幅油画，因为一位孕妇收到了一封信——她会接受吗？一封反形而上学的圣母领报（基督教中指天使加百列预言马利亚将诞下圣子耶稣）。马利亚收到了一封信——她会接受吗？一个女艺术家即将分娩——这个信息既是人类的也是

《读信的蓝衣女子》油画

神圣的——她会接受吗？她既充实又开放——在等待，在读信。这幅画提醒我们，女人实际上可以阅读，孕妇也有思想。她们在想一些事情——但又是什么呢？

维米尔的画中，大多数女性都有着模糊的脸，看上去像是平静的暗语。也许这就是为什么我喜欢她们，她们让我想起了自己。

那段时间，我一直避免在网上阅读关于特发性面神经麻痹的文章，就好像看到不好的结果会让我的希望更渺茫一样。但现在我开始做研究了。到目前为止，我所知道的只是，特发性面神经麻痹可能与分娩和怀孕有些相关，跟莱姆病或一种叫作复发性唇面肿胀面瘫综合征的罕见遗传疾病无关。我了解到，对于在医院分娩的产妇来说，患特发性面神经麻痹也可能是因为在医院感染了带状疱疹病毒。它也可能与水肿、免疫问题或供血有关。但这种情况仍然是特发性的，换句话说，它仍是个谜。

查克·米是杰出的剧作家，也是我的朋友，他在自传《近乎正常的生活》（*A Nearly Normal Life*）中描述了他小时候患小儿麻痹症的经历。他生动地描述了他在儿童病房时，几乎像处在孤岛上，看着其他孩子一个接一个地进来、康复、离开。他写道：“每一次有人离开，那些留下的人都觉得自己又后退了一步……离康复的目标更远了。在神经学领域，医生像咒语一样不停重复着类似的一句话：如果你正在恢复，你就会恢复；你恢复得越慢，完全康复的可能性就越小。”

我被诊断患有特发性面神经麻痹将近两年了。医生们跟我说时间越长，完全恢复的可能性就越小。我真不理解为什么他们要这么悲观，不过也许他们只是想让我认清现实。

现在，我可以轻微地皱眉了，当然，我皱眉比我的微笑来得早。我可以更好地咀嚼，在发P音的时候不再流口水或者听起来像我女儿的名字“霍”的发音。但我还是宁愿我的笑容回来。我曾写过一部剧，名字是《忧郁的戏剧》(*Melancholy Play*)，剧中有一个叫蒂莉的女人，经常忧郁，却很有魅力。“快乐的人是最坏的人，”蒂莉说，“他们笑着，牙齿发出响声。”现在，像蒂莉一样，我发现人们的微笑有点阴险，甚至是一种幸灾乐祸，我无法回应。我开始欣赏沉默寡言的文化，在这种文化中，拍照微笑或对陌生人微笑是不礼貌的。

露齿微笑这种浮夸的美国文化现在感觉非常具有攻击性，就像猴子用双手拍胸脯。整个世界好像都充满了可怕的洁白牙齿，幸灾乐祸的对称。越想越可怕，我来回踱步，吓得捂住了嘴。

我发展出了一种怪怪的傻笑。我亲爱的剧作家朋友试着安慰我，说这笑容非常可爱，像她的朋友霍利 · 亨特的半面微笑。我也试着暗示自己，我的半面微笑就像克里斯汀 · 斯图尔特在《暮光之城》系列中的不对称微笑一样。（是的，读完这些书后，我也看了这个系列的电影。）如果我眼睛没有下垂，我肯定能去演电影，和超级性感的吸血鬼亲热。有时我安慰自己，幸亏我是一名作家，而不是一名演员或政治家，如果那样，我就不仅为处境而恼火，而且会完全丧失工作资格。作家可以满脸皱纹，这是智慧的标志。但没有快乐呢？没有快乐，就很不公平。

我又开始用我的迷信思想麻痹自己，心想：老天对我如此慷慨，我有三个健康、可爱的孩子。我把他们生下来，虽然胆汁淤积，但是最终他们平安地从新生儿重症监护室中出来了。这总要付出代价的。

我在自己设置的死循环中无法自拔，心想：特发性面神经麻痹不会好了，直到我重获快乐。但是我不会快乐的，直到特发性面神经麻痹完全好了。

有时我觉得感觉神经在生长，就像我的脸上缝了一根线，有针扎的感觉，皮肤下好像有电流，像脉冲信号。或者像上帝在我的皮肤里用羽毛做的素描笔或铅笔在画素描。

在我第一次怀孕的时候，我像其他孕妇一样增重了。我想，我应该设计一份产后菜谱卖给所有产妇，名字可以叫“买更肥大的内衣”。想吃什么就吃什么，买更肥大的裤子。买更肥大的鞋子，我的脚比之前长了半号，这一切都预示着女人在产后要占更大的地盘。杂志告诉我们如何回到怀孕前的身材，我们的身体却想占更多的面积。我们的身体说：你都生过孩子了，变大，变大。

但是生完双胞胎并断奶后，我的体重开始下降，我并没有特意减肥。纽约的朋友会说“你看起来太棒了”，但是西部的妈妈看到我的黑眼圈、显露的锁骨时，会说：“你怎么了？”这多少让我有点烦恼。在女性虚荣的世界中，我找到了自我平衡：虽然我的脸瘫痪了，但是我瘦了。

我鼓起勇气又去找新的神经科医生问诊，这次我记住了医生的名字，因为他是特别好的医生——罗塞尔，他非常年轻、态度友好，问诊时刨根问底。他没有说“让我看看你得了什么病”，而是让我从脸部最开始的下垂讲起。

他听了我那些看似跟面瘫没什么关系的无关紧要的细节经历，以及关于哺乳顾问的整个故事。他说“你的眼睛看起来很下垂”，然后我回答“我是爱尔兰人”。医生抬头看了我一会儿，问：“你是爱尔兰人？”

“是的。”我说。

“你的体重无缘无故减轻了？”我点头。

“我要检查一下你是否患有乳糜泻。”医生说。

我从来没想过拿我的爱尔兰血统开玩笑会被诊断出疾病来。“乳糜泻是什么病？”我问。

我从来没有听说过乳糜泻或者面筋蛋白。我后来了解到乳糜泻是一种无法消化面筋蛋白的免疫疾病：你的胃实际上会攻击自己，进而对全身造成严重破坏，导致体重迅速减轻或者周围神经病变（支持神经生长的维生素不被吸收），引发极度疲劳，并可能增加患癌风险。乳糜泻是一种自身免疫遗传疾病，一些条件比如怀孕有可能“开启”该基因。也有可能终生患有乳糜泻，对身体造成严重破坏，但诊断不出来。

罗塞尔让我做血液检查以便诊断是否患了乳糜泻，还让我做肌电图（EMG）来看看神经系统是否正常。如果你不知道肌电图是什么，那真是太幸运了，希望你永远都不要知道，因为这是一项非常折磨人的检查。电极直接插入神经，检测肌肉如何运作。这肯定是有史以来最痛苦的医学检查之一。我进去的时候非常放松，因为我脸部做过针灸，扎过很多针，我并不怕针头。但是针灸针的设计可不是为了进入肌肉。给我检查的医生最终因为我痛苦的号叫而不得不中途暂停。

然后我验了血，检查结果显示乳糜泻呈阳性。

罗塞尔医生打电话告诉我这个消息，这个消息解释了为什么我的神经恢复得这么慢，听到后我松了一口气。我问："所以也许我不吃意大利面的话，就能再次微笑了？"医生说并不是这样的，但乳糜泻进一步找到了我的神经缓慢再生的原因——缺乏神经生长需要的维生素 B_{12} 以及其他维生素，也就是所谓的营养因子。我还需要做一个内镜检查来做出最后的诊断。

我做了内镜检查，做了活检检查。我被确诊乳糜泻。我再也不能吃普通的牛角面包了。

写到这里，我想暂停一下，怀念一下我能记住的食物，再也无法吃的食物，因为无面筋蛋白的食物味道糟透了。所以，默念：

记住牛角面包；

记住饺子；

记住百吉饼；

记住幸运饼干。

我经常遇到没有得乳糜泻而吃无面筋蛋白食物的女演员，这种食谱能把她们变成拥有无限能量和看起来容光焕发的超级生物。对乳糜泻患者来说，吃无面筋蛋白食物只是意味着你不太可能死于自身免疫病，你的能量比以前多一点——你不必每天都睡很多就能正常工作。

有时生物学比心理学解释起来更合乎情理。当我得知自己患有乳糜泻时，我终于为生长缓慢甚至不生长的神经找到了解释——我没有吸收食物营养或维生素。这不是由于我的愤怒、我无法接受馈赠而造成的精神伤害。这不是我的错。

现在我可以接受我只是运气不好的生物学事实了。

19. 童年疾病与我的家人

童年时期，我经常生病，可能每年都会因为生病缺课一到两个月。乳糜泻给了生病和发育缓慢很好的解释（乳糜泻导致维生素缺乏进而阻碍了生长）。我常常模糊地认为别人的体能比我强太多，我自己总是体力不足，我以为这种差别是我太虚弱造成的。

现在我知道了是因为我从食物中获取的营养太少，食物对我来说只是从身体里经过而已，我的身体一直处在预警或炎症状态。小时候，常常几周不上学，粉色的药（通常是治疗喉炎的抗生素）吃到第五瓶时，我会在病床上勉强支撑自己，欺骗自己进入无所不知的状态。只要有书，我就无所不能，可以穿越到过去（喜欢莫德·洛夫莱斯的《贝特西和塔西》系列）或者穿越到未来，到另外的一个星球去（《时间的皱折》）。

每次当我生病孤独地待在房间里时，我就会听到卧室窗外的声音，我猜那是 8 个街区外操场上跷跷板的声音。我清晰地记得我坐在床上，体验非常愉快的孤独而不是寂寞，听到这样的声音向我呼唤——童年快乐的声音逐渐消逝——不是叫我去玩而是对玩的回忆。怀旧真是一剂毒药，尤其是对幼年时期的怀旧。我听到声音，就会想起跷跷板上上下下，想知道这声音怎么能传到这么远的地方，如果在跟前那声音得多大啊！

现在，我长大了，在另外的州、另外的城市，听到窗外同样的声音，我意识到那是鸟叫，很有可能是一种山雀。因为我知道现在再也不可能听到 8 个街区外的跷跷板声音了。这是改变人观念的故事吗？还是时间虽然改变了我们的认知，但是美好的童年情感保持不变的故事？

长大是多么奇怪的经历。我们虽然获得了更多的知识，但是这种知识通常会被情感的洪流卷走，以至于知识不能总是产生变化。

童年时，我生病的时间比健康的时间更多（有时感觉生病是常态，而健康只是生病期间的偶尔放松）。我记得我问长着灰色眉毛的儿科医生，为什么我这么爱生病，为什么我的鼻子总是堵。“你很幸运。”他说。

“为什么？”我问。

“有些人连鼻子都没有。”这个解释并不令人满意。

总是生病让我跟同学不是很亲近。这是不是成为艺术家的标志？他们作为孩子跟成人在一起更舒服，作为成人跟孩子在一起更舒服。

是的，我是那个举起的手中会握着一张揉成团的餐巾纸的孩子。当其他孩子给她一封匿名诽谤信的时候，她竟然会纠正其中的语法错误并把信还回去。

★ ★ ★

当我们还小的时候，我的姐姐凯特和我一起编造了奇怪的角色扮演游戏，我演病孩子，她演让人羡慕的运动系健康孩子。姐姐叫我比尤拉，我叫姐姐贝里（在英语中有魁梧之意）。比尤拉是祖上一个远房亲戚的名字，她喜欢收集古老的情人节礼物，戴一个灰色的短假发。我用虚弱的声音跟姐姐说，“贝里，我打不开药瓶盖了，这对我来说太难了”。

姐姐会用深沉的声音回答，“不用担心，我来开，比尤拉！”然后，她会像巨人一样缓步走来，假装自己非常强壮，瓶盖一拧就碎了，假装她的脚步声音巨大，震得地板摇晃。

没有人比我姐姐更会逗我笑了。“贝里，”我不温不火地抱怨，“我需要抗组胺药！我打不开药瓶盖！这太难了！我太虚了！”

“我来搞定，比尤拉！”她大声回应我，假装非常强壮地把药瓶盖打开。我就会笑得前仰后合。那时，我童年的大部分时间都躺在床上，而姐姐在巷子里打篮球。这么说过于简单了。有时我也打篮球，只是打得太差劲而已。

为什么两姐妹要以这样的方式划分世界呢？是想夸大她们的优势和缺陷，以完美地划分成两个小世界？还是一种原始的、约定俗成的竞业禁止条款？我觉得是体现了一种荒谬的对称性。我弱，她就会坚强；她理性，我就感性；不间断的孤独是她的地狱，而我的地狱是不间断的团队活动；我站在悬崖边会极度紧张，她却乐在其中。一次，我和姐姐一起在爱尔兰徒步旅行，我们听到了一声可怕的喊叫：一位红发女孩失足滑跌在山崖边。当时我畏缩不前，怕看到一具死尸，但我的姐姐跑向危险的悬崖边，将女孩从悬崖边拉了上来。幸运的是，那个女孩只摔断了一条腿，哭喊着：“我要错过圣帕特里克节了吗？”（圣帕特里克节是爱尔兰的节日）；我的姐姐不惧危险，我常常远离危险；她会拯救一个生命，我则会写一首失去生命的诗。

她喜欢弹欢快的钢琴曲，我喜欢弹悲伤的曲子。姐姐在科

20 世纪 70 年代，我和姐姐凯特

学、体育、声乐、数字方面非常擅长。她是外向型的人，外向型的人擅长球类运动，是扔球、踢球的行家里手。我对读书、艺术、孤独简直痴迷到可以为这一切建造一座圣殿，而把我的身体抛在脑后。是不是那时我对身体的强壮就没有那么在乎了，想到健壮是属于我姐姐的，我就打了退堂鼓？我创造了一个多么荒谬的“可怕的对称”，我的父母从来没有要求过如此的精神分工——但是姐姐和我有一个不言而喻的互不侵犯协议。对称的愚蠢。这种对于兄弟姐妹领域的刻画、这种显著的区别，就像弗洛伊德提出的俄狄浦斯情结（恋母情结）概念一样重要吗？我们有时是不是会嫁给像兄弟姐妹性格的人而不是像父母性格的人？

姐姐后来当了医生，是一位精神科医生。她努力运用数学和科学技术来医治各样患者，甚至挽救生命。什么领域是她无意识放弃的？她会怨怼我们无意识的领域划分吗？

要是该隐（《圣经》中的人物）知道他更喜欢当个农民，而亚伯知道他喜欢当个渔夫就好了。而我这辈子都在思考为何我无法与我的姐姐竞争。

有三个孩子似乎是对这种双边对称性的一个挑战。我生的三个孩子形成一个三角形——从结构上来说，它非常稳定。但这三个孩子不断地改变联盟，有时女孩们是盟友，有时双胞胎是盟友，有时三个人一起不分彼此。有时他们仨似乎是一个短程线穹顶，有时似乎是一张摇晃的三脚桌，每个人都在尖叫。

那年秋天，为了改善一下家庭的生活空间，我们从曼哈顿搬到了布鲁克林。安娜 5 岁了，开始上学前班。我担心她会想念我们以前的家还有她在斯泰弗森特镇的朋友们。睡前她说："妈妈，别担心，搬家公司会把所有的东西放在阳台上，然后把阳台拉到布鲁克林去，只是我希望新房子能装进这个房子，或者带上这个房子的一角，也许可以将其中一堵墙剪成心形。"

在布鲁克林的新公寓里，我拿着一把螺丝刀，试图为安娜搭建一个玩具屋，我想这可能会消除她对搬家的不适。我不擅长使用螺丝刀，未装好的玩具屋零件散落在我的周围。

当我还是个婴儿而姐姐 4 岁的时候，那年整个平安夜爸爸都在为她做玩具屋的最后装饰工作。玩具屋是白色的，屋顶是绿色的。他装饰玩具屋的墙纸跟家里的墙纸是一样的。当姐姐不再玩这个玩具屋时，玩具屋就归我所有了。说实话，姐姐凯特对玩具屋并不太感兴趣。她经常在巷子里跟别的孩子一起玩，玩大大小小的球，或投球或踢球或扔球。当我接管玩具屋时，我用节省的零花钱给玩具屋添置家具：一个茶壶、一张深绿色的人造天鹅绒沙发、一个可以放盘子的小柜子。

我虚构了一些小人物，移动他们，编故事，让这些娃娃互相交谈。玩具屋对一个剧作家来说是很棒的训练。孩子出生后，我问姐姐是否可以把玩具屋给安娜，她的年龄正适合。那时，凯特的继女年龄大了，不适合玩玩具屋了，她的小儿子们又不喜欢。凯特想了想，说不行，那是她的房子，是爸爸为她做的。但是，她说，可以把里面的家具给我。

所以那个有着绿色屋顶的玩具屋就放置在地下室，积满了灰尘。当然，姐姐和我都想要爸爸建造的玩具屋。作为成年女性我还在索要小家具，划分领域。她可以得到空房子，我可以得到没有地方放的小家具。如果没有对方，两者都没用。这就是对称性的危险和代价。

几年后，她清理地下室，看到了玩具屋，打扫干净后充满自责地问我是否还想要它。我说不需要了。也许我们俩终于从这个玩具屋的记忆中长大了。

安娜上学前班之后，我们把家具从曼哈顿搬到了布鲁克林。那时我的婆婆远在美国西海岸病得很重。我永远记得她给托尼发她磁共振成像报告的那一刻，报告显示胰腺上有个很大的肿瘤。她却轻描淡写地在便条上留言：亲爱的孩子，也许没什么可担心的，只是想让你看看。托尼盯着电脑，看着片子，盯着肿瘤，捂脸抽泣。作为医生，他非常清楚这是多么糟糕的结果，他的母亲可能几个月后就要离开他了。他若只是她的医生而不是她的儿子就好了。他的医学知识和他的情感强烈地碰撞，他非常想给他母亲希望。

我们听见婆婆给她的朋友们打电话，她用澳大利亚口音勇敢而慢悠悠地说，她会尽力和肿瘤做斗争的，如果她输了，那是命，她又能怎么样呢？只能指望下辈子了。我们带孩子到加利福尼亚州看她。她一点没有自怨自怜，我只听到她哭过一次，那是非常可怕的哀号。我想她一定很疼，跑到她的房间后发现，原来她在打电话，得知她心爱的一只狗死了。

在那次探望中，她将孙女儿霍普·伊丽莎白抱在怀里说："没有HOPE（希望），就没有伊丽莎白。"

当我们告诉安娜，她的奶奶病得很重，很快就会离世时，安娜说："上帝怎么能带走她呢？为什么上帝不来医治她？如果他很神奇，什么都会，为什么不能这么做呢？"我尝试用形而上学的方法来解释，那是切实可行的解释。但她一直在问，问她为什么要死。我说，也许上帝想见她。她说，那上帝太自私了。

最后，让她些许安慰的是：我告诉她，她可以买一件新衣服参加葬礼。

丽兹是在她所谓的解放浴室里去世的。当孩子们长大不在家里住时，她把一间卧室改成了一间大浴室。现在这间屋子是最适合安放临终关怀床位的地方。丽兹不想死在医院里。在一次实验性手术导致脓毒症后，她渴望离开医院，只说了两个字"回家"，就一句话都不说了。丽兹去世的时候，托尼和他的兄弟姐妹都在，托尼抱着她，她最终在解放浴室中与世长辞。

葬礼结束后，托尼常常沉默不语，不仅满怀悲切，而且对母亲的离去愤懑异常，同时夹杂着对他母亲选择的第二任丈夫的不满（这是另一个故事）。我想，我可能不擅长许多妻子通常擅长的事情——做家务，但我擅长理解悲伤。我可以让他沉浸在悲伤中，但他并不想沉浸，也不想回忆。如果我把他母亲的照片放在家里，他就会拿下来，因为他不想勾起对母亲的回忆。

那段时间，我问过他一次，问他觉得自己更属于哪个国家，因为他的父母都不是美国人。他说："我的母亲是我的祖国。现在她去世了，我没有祖国了。"

20世纪60年代我的婆婆伊丽莎白
在澳大利亚

★ ★ ★

那年秋天很冷很平静。安娜在学前班过得很顺利愉快。我尽力和其他的父母成为朋友，在家长聚会的时候，为了避免他们把我的冰冻脸当成不友好，我用更多的附和与点头来代替微笑。

天气越发寒冷了，孩子们总是生病。我不得不经常带孩子们去看儿科医生，我们遇到一位来自波罗的海的医生，她坚强且聪慧，她的办公室在我们住的布鲁克林高楼的拐角处。因为我去得太频繁了，以至于她一见到我就只是笑。

第一次见她的时候，她问我是否有能让她知道的健康问题，她好知道孩子们的情况。“我是乳糜泻患者。”我告诉她。

“还有吗？”她问。

“还有桥本甲状腺炎。”我说。

“没有其他的了？”

“没有了。”我说。

她顿了一下，看着我，说：“但是你得了特发性面神经麻痹。”

“是的，再见。”我说。

她只是快速瞥了我一眼就看出了我的特发性面神经麻痹，这让我很沮丧。但可以看出，她很高兴自己发现了这件事，她对自己诊断能力的满足激怒了我。我强调，我自己的健康状况跟儿科医生唯一的联系是它与我孩子的健康有关。

在那年秋天生病的三个孩子中，安娜病得最多。她经常胃痛，看起来并没有越长越高。班上任何一个同学感染了病毒，回到学校上课两天后，安娜就会慢慢发起烧来，高烧反复不退。一天晚上，托尼和我约宝拉和安妮一起去剧院庆祝周年纪念日。我不愿意将发烧的安娜留在家里，但是托尼说她会没事的，有央宗陪着她。

我三心二意地看着戏，在幕间休息时打电话询问安娜的状况。当幕布落下时，我收到央宗的一条短信：安娜的体温已经超过 40 摄氏度，无法吞咽。宝拉说她开车送我们去急诊室。安娜病得如此厉害，看医生的时候都还没有醒。医生给她做了一系列的血液检查。

安娜的乳糜泻检测结果呈阳性。

你可能已经厌倦听到面筋蛋白这个词了，我们也是。面筋蛋白现在被用作情景喜剧的妙语，让人想起布鲁克林的嬉皮士，想起昂贵的奇形怪状的松饼被送进嘴里时破碎的画面。无奈的是，面筋蛋白有强大的黏性，面包、调味汁中都有面筋蛋白。

当你患有乳糜泻时，整个世界看起来就像一个巨大的三明治，到处都是面筋蛋白。

我们告诉安娜，她不能再在学校自助餐厅吃热乎的食物了，我们每天会给她做一顿特别的午餐。听到这，她哭得很伤心。我说会把她的午餐放在哈利·波特的午餐盒里，她还是哭。哭得我很心疼。我觉得我要为她不太好的自身免疫基因负责。虽然乳糜泻是遗传性疾病，但安娜的弟弟妹妹没有发病；去餐馆时，他们可以从面包篮里自由选择，安娜就会哭号。

食物是节日仪式的一部分。带着你自己做的纸杯蛋糕去参加生日聚会就像把葡萄酒带到圣餐中一样。食物不仅是记忆，也是仪式，还是养料。乳糜泻使你成为消费生活中的极端个体，所以我们乳糜泻患者是食品行业市场的福音——我们的食品偏好（如果不遵循，可能会导致疾病和死亡）可以带来巨大的利润。

但我们想要的是真正的食物，以及参与的感觉。谁做的食物以及为什么要做此食物。

我还记得我祖母做的鸡肉和饺子，还有用来增加饺子香味的汤料。我学会了用土豆淀粉做饺子。我记得丸子面条汤，这是我父亲去世后我唯一能吃的食物。我学会了用藜麦做这道菜。食物是记忆，食物也是每一天生活的交流。

我想起了普鲁斯特，是因为玛德琳蛋糕。要记住美好的食物，仅仅有美丽的文字就足够了吗？对我来说，一个成年作家、一段记忆和美丽的文字就足够了。但对我女儿来说就不同了，她从来没有吃过玛德琳蛋糕。

所以，我决定给安娜做她能吃的玛德琳蛋糕。我买了一个锡罐，找到了食谱。新鲜磨碎的柠檬皮、杏仁粉、脱脂牛奶、黄油——它们在烤箱里漂亮地膨胀起来，让厨房里充满着柠檬和香草的味道。

我把蛋糕放在她的午餐盒里，盖上了盖子。

20. 两年后的产后抑郁

在读研究生期间，我和我丈夫成为室友，那时我就知道我爱上了他。和他同住有家的感觉。我们和一位微生物学专业的研究生一起住在一座维多利亚风格的粉色房子里。房子透风，很冷。托尼每次早上去医学院之前，都会检查我房间的温度。如果我房间很冷，他就会把暖风机打开，然后蹑手蹑脚地出门。我想，那时我们就已经相爱了。他对我的这份关怀多让人感动啊！有时我一觉醒来，暖风机开着，房门外还有一杯咖啡。我就觉得他真有魅力，让我真舒服！用什么词才能同时表达性感和舒适呢？可能荷兰语里有这么个词吧。别再看骑摩托的坏男人了，看看会铲雪的好男人吧，还送你擦车玻璃的雪刷呢！雪刷正是我丈夫在做我室友时送我的第一件礼物。那真是一种性感的魅力，和粗糙的魅力正相反。

我在那座普罗维登斯的粉色房子里过得很开心，甚至有种家的感觉。我搬离童年的老房子以后，还是第一次有这种感觉。托尼不在的时候，那座房子里的气氛就没那么开心了。我们恋爱以前还只是室友的时候，他送我的礼物彰显了他对我无微不至的照顾。那个寒冬，我把祖母的复古大衣穿到里层都破了，但托尼又请人把它缝好了。

我告诉宝拉老师我对新室友有好感，托尼也和他以前的生物老师安妮说他对新室友有好感。宝拉和安妮恰好是一对好朋友，就这么推测出了我和托尼是室友，并因此放声大笑。她们各自的学生，在她们各自的关照下长大，现在共同生活。

我丈夫看过我早些时候写的剧本，那时我就知道我爱上他了。我还记得当时对着观众左看右看，却只想知道他一个人的想法。他曾借给我一块他父亲给他的泰国佛牌，说可以当成好运符戴去首演。他能这么轻易把家传的东西借给我，让我很感动。那晚看戏的时候，我一边握着那块佛牌祈求好运，一边望着托尼的脸，试图猜透他的想法。他思维敏捷，洞察力敏锐，能把科学和艺术融会贯通，能在身体和思想之间搭起桥梁，我喜欢他的这些特点。我们会共进晚餐，讨论血脑屏障、思维模糊等问题。我们会在后院一起摘康科德葡萄用来做果酱。他很会做饭。他给我做过美味的汤，我则在房子四处留下诗作供他欣赏。

有天晚上，他正躺在床上读《新英格兰医学杂志》。我和其他几位编剧研究生喝完爱尔兰威士忌以后回到家，对他说："来陪我吧!?"

他回答："我在看书。"

我又说："陪我跳舞！"

他说："太晚了。"

我跳上了他的床，他的视线离开了《新英格兰医学杂志》。

就是这样。

他摸我的脸时真温柔。

★ ★ ★

双胞胎过两岁生日的时候，我照例做了两个不一样的蛋糕，邀请一些邻居一同来庆祝。对慢性病患者来说，重要的节日可能是时光飞逝的提醒，实在烦人。时光平时都悄然流逝着，遇到双胞胎两岁生日这种节日或纪念日才会有所不同。那天我就想：两年都过去了，我肯定好多了。

我以为，既然我现在知道了乳糜泻很碍事，既然我已经在吃索然无味的假面包，我应该能吸收食物营养和维生素才对，我的神经也应该生长才对。但事实上，我依旧没有康复。我碰

托尼和我的婚礼照片，我穿着祖母留给我的那件旧大衣

壁了。时间有时又是如此缓慢而难以捉摸。一般来说，神经一天长一毫米。我已经等了约 730 天。

我们的双胞胎开始学步时，托尼发现我难以应付家务，他就开始写购物清单，开始买菜做饭。他会安排安娜和其他小朋友聚会，给女儿们梳辫子——比我梳得还好。我们一起在布鲁克林散步时，有路人注意到安娜的辫子并夸赞我，我则回应"是我丈夫梳的"，路人会很惊叹。托尼一直乐于解决后勤难题，让家人过上井井有条的生活。他对我很有耐心。

那个时候，我深感愤怒与无奈，但没有告诉任何人，即使是最亲近的朋友、我的妈妈或我的姐姐。我试着在她们面前塑造勇敢、淡定的形象。而且就算我想，怒气也没法显露出来，毕竟我不觉得怒气能带来什么好处。

我二十来岁的时候上过一次以愤怒为主题的冥想课。老师说生气不好，我就坚持反驳：因为政治生气也不行吗？那不是很有意义而且对实现社会公平必需的吗？（那时正值伊拉克战争，我非常愤怒，参加了抗议。）老师说：生气不是必需的，我完全可以拿出行动而不是生气，而且生气会造成错误的行动。他告诉我，怒气是毒，解药是耐心。那焦虑就没有政治价值吗？奥德丽·洛德在她的《愤怒的使用》一文中写道：“愤怒蕴含着信息和能量。”我追问老师，为什么愤怒不能让一些政治问题显得紧迫起来。

老师平静地告诉我：瞬间的愤怒可以毁掉数年积极向上的行动。当然，如果一个人怒而杀生，瞬间的暴力便会毁掉多年的善行。

我注意到陌生人（stranger）一词包含着愤怒（anger）之意。我们要怎么为正义而怒或用正义指引人生的方向，才能不让我们成为自己和他人不认识的陌生人？我就在一些时刻感觉自己成了自己都认不出的陌生人。

那种愤怒我自己都很难察觉，这让我不认识自己。

在那个时候，我公公和一个比他年轻很多的泰国女人结了婚。她的神经受损，和我一样笑不出来，但她是婴儿时生病导致的。我公公一般来说并不敏感，却在这时让我丈夫对我好一点，因为特发性面神经麻痹能严重伤害一个女人的自尊。

事实上，我的新婆婆和我差不多大，她告诉我托尼的父亲因为接受了她的脸而改变了她的生活。在一次家庭聚会上，我无意中听人说，我的这位新婆婆还是挺幸运的，虽然我公公比她大很多。在泰国，没有男人会和毁容的女人结婚。

毁容。我心想，我算毁容吗？然后我开始思考：我们能换个说法吗？比如直接说“不对称”。这个词客观描述事实，又没有道德或审美审判的意味。

“毁容”一词来源于14世纪，意为“毁掉容貌，破坏美感、对称性和卓越之处”。

美和卓越之间有偏差。“毁容”一词的词义也由破坏美感延伸到破坏美在人类想象中的道德基础。对称不仅会让我们感受到美，还能让我们感受到道德。对称代表了灵魂的平衡与和谐。19世纪相面术认为，我们能从面部结构看出一个人道德上的缺陷。

那我不对称的面部暴露出了什么道德缺陷呢？两年多了，我一直不能自然地露齿而笑，我都忘了那种感觉了。我试着露齿而笑，却只觉得自己很丑，所以停止了尝试。可笑的是，我只在想表达喜悦时会显得“毁容”。我甚至有些日子没幻想过自己还能再笑。别人说话时，我不再试图用面部表情表达我的反应或理解了，而只是点点头。

实际上，我已经放弃了。

初春，央宗和她母亲去了印度，她们花了两个月朝圣，参观印度所有的佛教圣地。她走后我开始崩溃，经常无缘无故地哭泣，但我会找很多理由解释这种现象。

我感到麻木可能是因为睡眠不足，可能是因为确诊了两种自身免疫病而不能吃饺子，可能是因为特发性面神经麻痹而无法微笑，也可能是因为写作不够。我生安娜以后没有得产后抑郁。我以为我根本不会得产后抑郁——我是美国中西部人，而且喜欢孩子。我想，可能孩子们睡醒后我就没事了，可能等他们都去幼儿园后我就没事了。央宗离开的时候，我害怕一个人带孩子，害怕双胞胎一起哭时我没法同时安抚。我深切感觉到了自己的软弱。

有时，睡前三个孩子同时号啕大哭，托尼却在加班，我真的会爬进一个又一个幼儿床，安慰要奶瓶的双胞胎后，安娜又会在她房间里大叫，说她不敢自己睡觉，需要我陪。我就这样在房间之间冲刺。霍普和威廉开始走路、换床以后，我晚上都会和他们躺在一起，他们则会相继自得其乐地逃跑。我把一个放回去，另一个就会兴奋地跑出房间。有时他们会跑进被我当办公室的房间，把门反锁上，笑着大叫："锁上门啦！"

白天，我的双胞胎经常争宠，说"只抱霍普"或"只抱威廉"。他们都想和我单独在一起。安娜会爬到我腿上，把弟弟妹妹一起从我腿上推下去，说"只抱安娜"。这是一场有趣而严肃的游戏。我很想克隆自己，让他们各自都能拥有一个完整、只为他们存在的我。我试着成为每一个孩子的救生筏，但常常觉得自己是一块朽木。

回想起来，我还是过于相信亲密育儿法，对自己这个母亲的期望太高，所以才会有难以动摇的挫败感。唐纳德·温尼科特提出了一个特别有用的概念：足够好的母亲。我真希望那时我看过这本书——我当时被根本不可能达到的完美育儿范本淹没，自己也有一套由带一个孩子的经历总结出的黄金法则。回首过去我只有一个孩子的时候，可能给了她太多关注，就像一只焦虑、不肯走远、一直咕咕叫的母鸡。等我有了三个孩子，也想把满腹心思都倾注给每一个孩子。那根本就不可能，但我还是迎难而上。我还会拿自己和想象中的母亲对比。她们有无限的能量供给、乐观精神，还会缝扣子。

我不出门也不写作，不写作又觉得自己要疯了，托尼对此很担心。他让我放个连休假出去写作，完成我进程缓慢的剧作《亲爱的伊丽莎白》。《亲爱的伊丽莎白》改编自罗伯特·洛威尔和伊丽莎白·毕肖普互通的信件，正是我躺在床上休息的时候读的那些。我总被打断，迟迟写不完这部戏。托尼就建议我母亲过来帮忙，好让我用连休假写作。

我母亲来了。我吻别所有人，一想到要离开孩子就充满恐惧，不过我还是开车去了马萨诸塞州一家民宿。我重新体验了独处，疯狂地写作，度过了不一样的两天。然后托尼打来电话说，家里所有人都患胃肠感冒了，都在呕吐，他撑不住了，需要我支援。所以我只花了两天就写完了《亲爱的伊丽莎白》，提前两天回去拥抱家人、照顾他们。

我不能说那段时间没有任何温情可言，但我经常感受不到，觉得自己只是在远处观望。我会自我开解：作家都喜欢从远处观望。

我累得就像挤干了的脏海绵。

不知从何时开始，我会悄悄幻想，等我消失后，我丈夫就会有一位精力充沛、面部对称、贤惠体贴的新太太。我觉得自我消失是一种高尚的自我牺牲，那样我丈夫就能摆脱拖后腿的爱哭鬼，得到一位相得益彰的伴侣。我拿《音乐之声》中的玛丽亚做过原型。她比我年轻一点，有文艺品味但不至于痴迷，能带孩子们去山里呼吸新鲜空气，会用窗帘布做宽松舒适的衣服，可爱又有教养，笑起来像天使。

我担心安娜会注意到我不在了并因此伤心，但我觉得双胞胎还小，根本不会记得我。我现在知道了那些都是胡思乱想，但当时都觉得很合理。

我那时没把这些幻想与产后抑郁联系起来。我生了双胞胎以后，甚至没人给我做过产后抑郁检查。在其他国家，产后两个月对母婴都是挑战，所以产后不久就会给产妇体检，抑郁方面的诊断也是常规流程。双胞胎出生以后，我光顾着满足他们的生存需求，很少关心自己。之后回忆起来，才知道我有产后抑郁的所有症状：我不会优先考虑自己的感受，我会忍不住哭泣、生气、闹脾气，会觉得自己没能力照顾孩子。

女性会在生育两年以后患上产后抑郁吗？还是产后抑郁会不断累积，在产后两年达到顶峰？这种还能叫产后抑郁吗？是不是只能叫极度抑郁？怎么会有女性那么久都注意不到自己得了产后抑郁，还把它归结为睡眠不足、对其他病症的适应期延长了？

医学文献中，产后情绪低落和产后抑郁的差别在于时长。产后情绪低落（我不喜欢这个说法）只会持续一个月左右，但产后抑郁会有以下症状：

> 固执、难过、焦虑或空虚（对上了）
>
> 易怒（对上了）
>
> 愧疚、绝望、感觉不到自身价值（对上了）
>
> 不追求个人爱好（我没有爱好，对上了）
>
> 疲惫（完全对上了）
>
> 难以集中注意力（对上了）
>
> 难以入睡（对上了）

总怀疑自己照顾不了孩子（对上了）

心生死意（对上了）

这些想法我都没和人说过，因为我觉得很羞耻。我有三个健康、可爱的孩子，两个已2岁，一个6岁。我的丈夫配我绰绰有余。这样我还要抱怨，那不是得了便宜还卖乖吗？那不是自悯自怜到了极点吗？我不断提醒自己，我已经很幸运了。

我现在重读当时的日记，能读出对孩子们的爱，他们说什么、做什么，我都很高兴。我写过：今天威廉说“我爱你胜过爱一百万只鲸鱼”。对孩子说什么、做什么都感到高兴的母亲与自我厌恶、一定程度上想让自己消失的母亲要怎么兼容？就像一张一半能微笑另一半却做不了表情的脸？还是该用双重人格来解释呢？

有一天我吃完晚饭在收拾。我没做什么了不得的好菜（我厨艺不怎么样）。托尼回来得晚，我的朋友凯瑟琳来了。她问了托尼那天上班的一些情况，很有同理心地倾听着他的回答，而那是我该做的事。他们边说话，我边收拾。我发现我很久没用心听我丈夫说话了。他作为儿童精神科医生，有时会连续10个小时听别人倾诉，我却很久没能在他辛苦一天以后让他也感觉到被关怀。但我当时正处在易怒的状态，不会因为没听他倾诉而自责，反而燃起一阵无名火。

他们说着话，我丁零当啷收拾着，想到没一个人问我那天过得怎样。你今天过得怎样啊？我边把餐具丢进洗碗机边问自己。剧院取消了一部戏的演出，让我大失所望。你今天过得怎样啊？我继续想着，继续收拾。我关心的其实不是那部戏，而是活得如同透明人的感觉，连象征性的问候“你今天和孩子过得怎样”都没有。我感觉我的剧作家身份完全被家庭主妇的身份取代了，我陷入深深的绝望中。我不由自主地把洗碗机调到标准模式，然后突然说我要出去散个步，就这么离开了公寓。托尼后来说，我简直像是瞬移了。前一秒还在那，下一秒就消失了。

我快步朝布鲁克林的河边走去。当我需要安慰的时候，我就会去河边。然后我走在大街上，哭得很厉害，神智失常一般，都不在意会被人看见。我朝布鲁克林大桥公园走去，公园沿着东河蜿蜒而行。正值黄昏，我看见河岸上有工作人员在出租皮划艇，这是布鲁克林新生的、荒诞的中产阶层化产业。

我想，我会租一艘皮划艇划到海里，任谁摸黑都找不见我。我不是要像弗吉尼亚·伍尔夫那样揣满石头沉河自杀，更想像阿加莎·克里斯蒂写的那样神秘蒸发——被冲到无人在意的岸边……或许被冲到布鲁克林以西的斯塔腾岛？我走向等着租皮划艇的队列，才想起我没带钱包，而且今晚要停租了。我只好找了张长椅坐下，放声大哭。

托尼打来电话，担心地问我在哪。我告诉他我在河边，因为我想着今晚正适合划皮划艇。“划皮划艇？你到底在哪？”我跟他说了长椅是什么样子，他说：“待在那里别动，我来找你。”我需要人陪伴，他听出来了。托尼来找我的时候，凯瑟琳留在我们家带孩子。托尼找到我以后，搂着我走回了家。

《忧郁的戏剧》中，有个角色声称：

“如果你的社交圈里有人忧郁到动不了，你作为一个人，有义务去找他。不仅帮他寻求医疗支援，还要关注他的情感需要。他在哪，你就必须去哪接他。挽救弗朗西斯，需要我们所有人的努力。这是一种社会契约。”这部戏里的“忧郁”和“抑郁”有所不同。忧郁是一种具有美感、可供欣赏的状态。拿“看窗外的雨”来举例，忧郁是浪漫地打开窗户去看，抑郁则是躺在锁着的不透光的窗边看。弗朗西斯一开始只是忧郁，但后来发展成抑郁，变成了扁桃仁。(《忧郁的戏剧》是部喜剧。)

我活到那个时候，对忧郁一直不算陌生，但还从来没有真正抑郁过。从来没有那么消极，也从来不会理解不了自己的想法。但那个初春，我差点儿就要变成静止、无表情、消极、封闭、干枯的扁桃仁了。苏珊·桑塔格在《疾病的隐喻》中写道：

“忧郁褪去其魅力便是抑郁。”抑郁让人痛苦，无法写作。抑郁会扰乱一个人的记忆，回想抑郁的场面就像回想没有梦的睡眠，让人无话可说。

我说过我丈夫是精神科医生吧？他说服了我也去看精神科医生。

★ ★ ★

据说，奥古斯丁的《忏悔录》是西方世界最早的回忆录，是作者对罪的忏悔。奥古斯丁犯下了淫行，他向公众坦白并忏悔，由此诞生了新的自己，也缔造了一种新的体裁。《忏悔录》默认了认罪悔改是改变生命与得到上帝恩典的必要条件，我一直不赞同。我觉得和盘托出的回忆录很没有品位，比起奥古斯丁的自白，我更青睐蒙田循序渐进的反思。但我现在要告诉你，我去看了精神科医生，而看精神科医生按理说必须忏悔。

我要是没有犯下罪行便没有权利忏悔吗？

你是不是觉得我会对精神科医生避而不谈？我当然有这个打算，但他实在了不起。他能倾听而不做评判，关注健康而非病症，并向我保证我的情况会得到改善。他也是一位作家，我很喜欢他这一点。他还是佛教徒，这点我也很喜欢。在他的关照之下，我的情况确实慢慢得到了改善。

美国中西部人向来自给自足，我作为其中一员，也想说我以一己之力改善了自己的处境，靠哲思、园艺或是写作爬出了深渊。但我不做园艺，也不相信哲思甚至写作能帮人摆脱一些困境。我相信要依靠别人，有时也可以依靠一些药物。我靠的是我吃的那一点药吗？还是一种让别人看到我、听我说话的药呢？又或是两者的结合？

有没有可能在接受精神治疗以前，我的肚子里或大脑里缺乏血清素？有没有可能乳糜泻阻碍了我吸收人体必需的维生素，所以我的大脑不能好好吸收奇妙的快乐养分？瑞典科学家发现，乳糜泻患者得抑郁的风险比一般人高出80%。那有没有可能我患抑郁其实不是“我的错”？我一开始又为什么会在缺乏生物学因素支持的情况下觉得患抑郁是“我的错”呢？我妈妈觉得生病都是她的错，我会不会和她一样？

我对身体重新感受到愉悦有着很清晰的记忆。我坐在厨房的窗边，正值又一个初春，暖风吹了进来。我的肩膀感知到了暖风，我感知到了愉悦。我想起了自己有多久没感受过愉悦——那种愉悦能放慢时间，能让我的思想和身体重新联结，就像把土豆种到地里。

21. 避难所

我被诊断为特发性面神经麻痹的第三年，我想我将再也没办法让自己的脸变得更好了。我受够了我的身体。我厌倦了康复。我想明白了。我要继续过我的日子，我做到了。我是一名老师，也写过剧本。我将两者结合起来。把旧剧本改编成了新音乐剧。我出版了两本书，我在书上签名。带着我的孩子们去户外玩。托尼又开始练习合气道了。周末孩子们早起看电视时，我们俩就睡懒觉。我们在公寓里开派对，有时是和托尼认识的年轻的爵士音乐家一起。我们为万圣节盛装打扮——一家五口都扮成了《星球大战》里的角色，我扮尤达。

我变得坚持不懈，始终忙碌。当时可能并没有意识到，我决定继续我的生活，不再想我的身体，不再想我的脸。我如一股脱离实体的旋风，没有祈求自己顺从或接受，只是不断前行。

我18岁那年，父亲被诊断出癌症，当时我就觉得不能只是祈求好的结果，父亲已处于癌症晚期，我确信他很快就会去世。他几乎不能走路。在我还是一个不可知论者时，我知道祈祷他奇迹般地康复是不可能的。即使作为一名天主教徒，祈祷他康复也让人感觉很卑劣，像是在亵渎神明。我想，我应该祈祷我自己有勇气接受他的疾病。我应该为他内心的平静祈祷，而不是为结果祈祷。在内心深处，我知道，如果我祈祷一个无法到来的结果和康复的奇迹，这可能会打破我本已动摇的信仰平衡。这会让我从不可知论者变成无神论者。不，在我十几岁的时候，我就认为上帝不会干涉凡人的身体之事。

我拒绝把祈祷当作赌博。就像：上帝，请让我掷骰子是3而不是6。作为一个在天主教家庭成长起来的人，我认为只是因为祈祷错了就有可能惹上麻烦。弗兰纳里·奥康纳在她的祈祷日记中写道：

> 我亲爱的上帝……要求一个人说出想要的东西不需要超自然的恩典，我已经问过您……虽然我不想过分强调我的祈祷。但主啊，求您帮帮我，告诉我对我来说什么是好的、我能拥有什么，我通过拥有这些来为您服务。我一直在读卡夫卡先生的作品，我感受到了他在祈求恩典。

希望得到天恩——这是无法得到的，但如果恩典不请自来，还能再次索求这恩典吗？

我最近遇到了神学家塞雷娜·琼斯。她在《恩典》（*Call It Grace*）一书中写到她的父亲曾经说过，“即使我们不能接近上帝，上帝也会来找我们……这就是爱”。当我在晚餐时与塞雷娜交谈时，我注意到她的脸有些我熟悉的表情。果然，她也得了特发性面神经麻痹。她的情况比我要好一些。

我们谈到了各自的经历，她告诉我关于无法微笑最讨厌的一件事就是参加多种族的聚会，作为一名白人女性，在那种场合她似乎不是在微笑而是在做鬼脸。她说，微笑可能会让人卸下防备，特别是在不同种族、文化和信仰的人之间。

琼斯写道：“根据法国神学家加尔文的说法，祈祷的目的不是得到、痊愈或修复，而是一种简单但需要坚持的操练，即有意识地在上帝面前讲述我们混乱、无序、累心的生活，并在祈祷时明白上帝与我们同在。”

作为一个成人，我无法祈求上帝让我的脸好起来。考虑到世间所有的苦难，祈祷脸部恢复不仅听上去不可靠，似乎更是徒劳。

这也是一种另类的内在放弃吗？

西蒙娜·韦伊是一位神秘主义哲学家，也是二战期间法国抵抗运动的战士，她写过超越努力和意志的恩典。我一直很喜欢她的关注点，神恩是超越人的努力和意志的，而不应该是历经艰辛付出努力为了领受恩典。韦伊的一些更加极端的祈祷接近于我所说的典型天主教受虐狂，特别是有一次她祈祷道，“神父，以基督的名义赐予我：让我无法靠意志力就可以做任何运动。就像一个完全瘫痪的人……无论这个身体是以完美的柔韧度活动自如，还是以完全的僵硬保持静止，愿它都能符合您的旨意”。

在经历了瘫痪后，因瘫痪祈祷服从上帝的旨意令人无法理解，这种祈祷对许多人来说都莫名其妙，对我来说也是如此。

天主教受虐狂对我一向没有太大的吸引力，比起对罪恶的兴趣我对同情的兴趣更大。在孩提时代背诵主祷文的过程中，我被教导要接受上帝的旨意，并庄重宣告“愿你的旨意……”。

最近，我意识到，我几乎没有让孩子们铭记主祷文的力量，我感到很震惊，因为在飞机上经历恐惧和颠簸的时候，默念主祷文对我来说是第二天性。

我的女儿也一样，她在写圣诞清单时说：“我认为向圣诞老人祈祷比向上帝祈祷更有价值，因为圣诞老人给了我礼物，而上帝没有。”

关于这，我该怪美国还是怪我自己？

列清单可以是祈祷的一种形式，但我不会把我想要的东西列在清单上。

有一天，我列出了一张我害怕做的事情的清单：

- 理发时对着镜子看自己，尤其是当理发师跟我说话的时候，我不得不回答，就看到镜子里我的嘴巴在动。
- 坐在餐厅里，镜子对着我，不得不看着自己吃饭。
- 被要求与陌生人自拍。

我还列出了一系列拥有“毁容式微笑”的好处，但我只能想到一个：

没有人会关注你的牙上有没有食物。

我还列出了我的里程碑式成就清单：

- 我可以用有厚厚边缘的杯子喝水，而且不会流口水。

- 我可以吃一片涂有花生酱的吐司，而不会把食物弄得满脸都是。
- 我可以咬一大口苹果。
- 我可以在公共场合大笑，几乎不会觉得自己看起来像海盗一样。

与此同时，我的孩子们也达到了他们的里程碑：

- 威廉和霍普学会了游泳。
- 就在同一天晚上，他们都掉了一颗乳牙。
- 威廉写下了他的第一句话，那就是“霍皮（威廉把霍普叫成霍皮）是只老鼠”。
- 托尼教安娜骑自行车。
- 霍普学会了侧翻。
- 我母亲教安娜编织。
- 安娜在空手道比赛中获得了黄带，对于一个患有乳糜泻的孩子来说，这是一个重大成就，她直到最近才意识到，她从来没有全力以赴地奔跑，因为她没有体力。
- 托尼也达到了新的里程碑。在合气道练习中，他把其他人的身体抛向空中，穿着白色的合气道服、翻滚、跳高、出拳，力量和温柔完美结合，他通过测试到达了一个新的水平——三段。

我们庆祝了结婚十周年。托尼邀请了我在剧院认识的一位魔术师朋友来公寓。魔术师让我的结婚戒指在火环中消失，又在布鲁克林高地海滨大道上出现，悬挂在一个金属球体上。

就这样，时光渐渐流逝。

★ ★ ★

在养育孩子、写作、教学、婚姻、排练这样的生活中，我基本上忽略了我的身体，因为它是我失意的来源，我的手和脚开始感到刺痛，反复无常。有时会有一种奇异的失衡、笨拙的感觉。我的手时不时会传来一阵无理由的颤抖。有一天，我在耶鲁大学教完书后竟跑着去赶火车，我下定决心要准时回家吃晚饭，我答应过孩子们的。他们不喜欢我漫长的教学时间，安娜现在上三年级，最近经历了一场糟糕的分离焦虑，我晚上还得去看一部新剧的预演，这让她更加焦虑不安。她会在我送她去学校时哭，抓住我的手尖叫。

因此，当我抬头看着纽黑文市的出发和到达标志，看到我搭乘的火车即将离开车站时，我背着一个装满书的沉重背包，像疯女人一样沿着长长的走廊跑去。我几乎以我的本能极限在奔跑。我走到站台楼梯，只需10秒就能跑上去了，突然——我的腿软了。

我不是绊倒了。那是一种更奇怪的感觉。我的腿弯曲无力，我砰的一声面朝下倒在了楼梯上，像蟑螂一样被背包压住了。一位老妇人扶起我，我忍着疼痛上了火车，心想：这该死的身体到底怎么了？

我担心我的身体出了很严重的问题，于是去看了神经科医生，他为我做了各项检查，并谨慎地宣布我暂时没事。托尼说，我可能根本没有足够的肌肉力量背着近10千克的书包全速跑上楼梯。当然，自从双胞胎出生后我就没有好好锻炼。但有一种感觉一直困扰着我，总觉得有些事情不太对劲。

所以，当西医没有给出我要的答案时，我又找了一位好的针灸师为我理疗，这一次，在布鲁克林附近。我决定不再去曼哈顿经历不必要的奔波，除了美容或做乳房X射线检查。

新的针灸师叫佐伊，她很搞笑，也是一名作家。这样我就可以在她给我针灸的时候和她谈谈工作。在那一刻，我不再想着让我的脸好起来，所以我转而和她谈论摔倒、浑身发麻，我的身体似乎在抗议——够了，我需要关注，你已经忽视我很多年了。

佐伊用侦探作家的思维倾听着——把这些片段拼凑在一起，并鼓励我也试着用针灸来治疗特发性面神经麻痹。尽管大多数医生都告诉我，经过这么多年，我的病情已经有所好转，但佐伊并不信。她每周都会轻轻地给我脸上扎一次针。每次我在被针刺之前躺在病床上时，我都会感觉到我左边的脸有感觉。

我的神经是不是让我对这种刺激产生了巴甫洛夫反射？我永远不知道左脸有感觉是好事还是坏事，是神经生长的证据还是痉挛抽搐。但我选择相信是神经在生长。

佐伊为我治疗两个月后，当我尝试微笑的时候，我左边的一颗牙齿露了出来。

一颗牙，一颗牙！

身体生长的速度有多慢？

新露出的那颗牙让我有了一定程度的信心。

我还是不会吹口哨，但我可以吃点无麸质意大利面。

过去，如果我想露齿微笑，我必须用两只手：一只手拉左下唇，另一只手按住上唇，再用手指把嘴角拉到一边。现在，我可以在镜子里露齿微笑了，只需用一根手指把我的脸颊往上拉。

随着表达快乐的能力越来越强，我感受深层的、真实的快乐的能力也随之增强。刨去幸福本身，第二颗门牙带来的某些东西使微笑似乎更加具有幸福的意味。

有时你写一部剧本，它能教会你回到你的生活中去。那一年，我根据央宗给我讲的一个故事写了一部名为《最老的男孩》（*The Oldest Boy*）的剧本。我们在厨房里聊天，央宗给我讲了她两个波士顿朋友的故事。他们是一对夫妻，开了一家餐馆，有一个两岁的儿子。一天，来自印度的僧侣们来到餐厅。在获得神谕和梦境之后，僧侣们认定这个男孩似乎是一位藏传高僧的转世，因此需要在印度的一座寺院接受教育才能充分发挥他的精神潜力。

“天哪，他们做了什么？”我问央宗。

“他们把孩子送到寺院去了，”她如实说，“他们很荣幸，虽然很难，但他们必须把孩子送到寺院去，否则孩子一辈子都会倒霉。在藏传佛教中，一位僧侣会积极寻找他死去的师傅的转世。”我决定写一部关于这一现象的剧本。

为了写这部剧，我研读了一整箱关于藏传佛教和转世的书。

慢慢地，我研究的东西改变了我。当我第一次听说这些事儿的时候，它们似乎是个童话故事，现在似乎完全不同了。

人的自我就是人的面孔吗？人格开始与面孔联系在一起，

成为身份的象征。一个人不是用胳膊或腿来表征，而是用面孔来表征。但如果我们的面孔都不能表征呢？

8世纪的佛教僧侣寂天（古印度佛教学者）曾经写道："牙齿、头发、指甲都不是'本我'。如果'本我'这样的东西真的存在，那么诚然，悲喜会折磨它。但既然根本不存在本我，还有什么可恐惧的呢？"

我开始想，如果把注意力集中在脸部的错觉、自我的错觉上，对我不堪的脸的依恋是否会有所帮助。我想要沉浸在这样的想法中：我们都已经被破碎，破碎时，我们已经是完整的了。

★ ★ ★

在《最老的男孩》写作结束后，我遇到了一位充满传奇色彩的西方女瑜伽士丹津·葩默，她18岁皈依成为佛教徒，并在喜马拉雅山脉的一个山洞中冥想了19年。皈依实质上意味着接受佛教的基本戒律，我一直喜欢皈依这个词。

丹津·葩默对我说："你剪头发时高兴吗？"

"是的，我很乐意理发。"我说。

她把我的头发剪了一小截儿。

接着她打了个响指，就这样。

22. 唯有想象

我小时候只看到父亲哭过一次。我们坐在一家名为“煎饼屋”的餐厅里，那是一个有彩色玻璃、可以尽情享用大块松软的荷兰煎饼和黄油棒的时代。我和父亲每周六去一次，他每周都教我一个新单词。游走、停业、排挤……他会根据要教我的词讲一个故事，这样我就可以记住。

例如，来自希腊语的“排挤”一词的故事中提到了白色的陶器，人们用陶器投票罢免冒犯他们的社区成员。想到学校里那些刻薄的女孩子，“排挤”一词就对我特别有用。

有一次，父亲在“煎饼屋”哭了，当时他正在谈论他的父亲。“他是一个非常温和的人。”父亲简单地说。我父亲也很温柔——也许是他的温柔让他想到了他父亲的温柔举止。粗鲁的人往往不会注意并赞扬别人的温文尔雅。

我的爷爷是在伊利诺伊州南部一条河里捕鸭子的时候由于心脏病发作去世的，当时他正在打猎。我父亲不太喜欢猎鸭。“杀死这些可怜的小鸭子对我来说很难，”父亲说，“但会被这样的场景吸引，那是我和父亲在一起的时光，也是父亲和我在一起的时光。我们之间没有太多言语，但我们享受着彼此坐在一起的安静时光。”

★ ★ ★

我的父亲完全不知道我成了剧作家，也从来没有见过我的孩子和我的丈夫。有一次，我梦到他和我的丈夫见面了——在梦里我把他们介绍给了对方，他们很享受彼此的陪伴。

我最近采访了一位剧院同事，她的小孙女去世了，她正经历着地狱般的痛苦。她对一些不断表示“我无法想象你所经历的一切”的熟人感到失望。她说她心想：“你可以试一试，你可以试着去想象一下。你至少可以说‘我只能想象你正在经历什么’。”无法想象和只能想象，两句话的不同更像是一种重要的道德区别。

我只能想象。

我记得当我父亲被诊断出癌症时，他在短短几天内从一个健康、强壮的 52 岁中年人变成了一个病弱者。

有一天，我妈妈推着坐在轮椅上的父亲穿过我们家门前的街区，他的头发因为化疗掉光了。突然，当他们在人行道上小小地颠簸了一下时，他痛得大叫起来。他的背痛得厉害，甚至人行道上的一条细小的缝隙都让他感觉很难受。意识到沿着我们街区的人行道上有很多这样的凹凸不平，我母亲小心翼翼地调转着转轮椅回家了。

一位看到他们回家的邻居后来对我妈妈说："我不知道你是怎么做到的，你真勇敢！我无法想象你所经历的一切。"

妈妈实事求是地说，她并不觉得自己勇敢，也不值得同情，她在过自己的日子，做她想做的事——照顾我的父亲。那天天气很好，所以她只是带我父亲出去散散步。那位邻居礼貌地表达了同情，在某种程度上，这是对生病经历的否定，也是许多人都不愿跨越的交往界限。

但是我们真的不需要跨越这个界限吗？这难道不是艺术上的道德体现，也是社会话语上的道德要求吗？难道我们不需要想象那些不同于我们的人、那些我们只能想象他们经历的人吗？

有一天，我在一次关于脊椎按摩疗法对特发性面神经麻痹作用的调查中，带着威廉一起去看医生。这位脊椎按摩师是一个富有同情心的人，他那双闪亮的眼睛给人一种坚定而温柔的感觉，他说他的儿子和威廉差不多大，并给我们看了他儿子和泡泡机的照片。我清楚地记得他儿子伸手去抓泡泡时脸上喜悦的表情。

一个月后，在《每日新闻》中我看到一位妇女带着她5岁的儿子从高层建筑上跳楼身亡，二人无一幸免。她与前夫发生了监护权纠纷，前夫是一名脊椎按摩师。为了惩罚他，她带着他们的孩子跳楼身亡，这是一场疯狂的复仇行动。我仔细看了这篇文章。故事中的脊椎按摩师正是我遇到的那位按摩师。

我只能想象。

同一周，托尼、我和孩子们在布鲁克林的一家寿司店吃饭，角落里的电视开着。晚间新闻报道了一起心理治疗师在布鲁克林家中的地下室被一名陌生人刺伤并杀害的案件。这名陌生人显然是躲在那里等着强奸这位治疗师的女儿，但她逃脱了。“那是我的治疗师。”我丈夫面无表情地说。

“不会吧。”我说。

“是的。”

孩子看着我们。在电视上看到一个曾经帮助过你的人被一个陌生人谋杀，没有任何准备。我们默默地吃完了饭。

我只能想象。

随着坏消息的接踵而至，那一周我始终很担心。我应该告诉针灸师佐伊不要离开她的公寓吗？危险和苦难，无处不在。

一次在去纽黑文市上课的路上，我站在宾夕法尼亚车站看托马斯·默顿的书，这时我注意到一个穿着藏红色长袍的僧侣。事实上，他是参观过我们在林肯中心排练室的藏族僧侣佩玛。

我们很高兴见到对方，因为我们曾一起克服过种种困难，从纽约到纽黑文市。他正要前往佛蒙特州教书。我们在火车上面对面坐着，我无法从他的凝视中别过身来，他的凝视是如此直接。佩玛很自然地把闲聊变成了谈论佛法，对我说了一遍又一遍，他不一定知道我得了特发性面神经麻痹，但可能注意到了："无论发生什么，你都可以选择微笑。微笑永远是一种选择。"

这感觉和被教导要微笑是如此的不同。这不是指令，而是召唤。

在禅宗传统中，有一种开悟是佛陀通过微笑直接传授给他的一个学生。释迦牟尼和弟子们在一起，他捡起一朵花，静静地举起。这位学生理解了花的含义，他笑了——所以据说教学也是直接通过微笑进行的。

佛教中还有一个概念，即通过冥想来认识你的本来面目。

“本来面目”一词出自《坛经》：“当你不想任何好事和坏事的时候，那一刻，你的本来面目是什么？”本来面目是无条件的，不是二元论，不考虑好事和坏事。这也是一种悖论，就像禅宗中的问题：“你的原始面孔是什么，在你父母出生前你的面孔是什么样的？”在我们父母出生之前，我们怎么可能知道自己是什么样子呢？这可能会让我们认为看得见的自我根本就不是自我。这种想法与把一张脸分成好的一面和坏的一面的二元论截然不同。

13 世纪的中国禅宗大师无门慧开禅师写到了本来面目（有时也被翻译为真实的自我，或原初的面孔）：

> 描不成兮画不就，赞不及兮休生受。
>
> 本来面目没处藏，世界坏时渠不朽。

我一直忙于寻求过去的面孔，甚至没有想到要寻找我的本来面目。

当我快 30 岁的时候，我住在加利福尼亚州，因为各种健康问题去针灸诊所就诊。一开始，我的头发大把大把地掉。（后来我才知道掉头发是由一种叫桥本甲状腺炎的自身免疫病引起的。）这家诊所很便宜，由正在接受培训的针灸师在老师的监督下对患者进行治疗。有一天，一位来自韩国的面部针灸和相面大师前来授课。

他盯着我的脸看了一会儿，然后说："我在你脸上看到的只有父亲、父亲、父亲。"他问我父亲是做什么工作的。

我说："他以前是卖玩具的。"

他听到了过去式。"啊，我明白了，你父亲过世了。你必须放下你的父亲。"

不，我想。这简直不可能！我不会放下我的父亲，也不会放下我的悲伤，这对我来说那么宝贵，我深爱着我的父亲！

他在我胸口处扎了一针，我哭了。哭是不礼貌的。那是伤心的抽泣。针灸师轻轻地把针拿出来，告诉我每天冥想，共冥想 40 天，这样才能放下我父亲。

在佛教的图式中，灵魂要漂泊 40 多天才能找到新的归宿。这 40 多天对于哀悼者来说是至关重要的——他们为流浪的灵魂提供食物、祈祷，要尽量看起来不那么悲痛，这样逝去的灵魂就不会留恋这个世界。

因此，在我失去父亲的第十年，我开始每天冥想，冥想了 40 天，让我的父亲解脱。

23. 杀死天真

想象着时间流逝。这一时代时间流逝的标志大概是iPhone的迭代，不同的手机代表了不同的新技术，而我写了4个新剧本。也就是说，6年过去了。6年，我写作，为人母，生活着。

我的写作生活仍在继续。听起来好像我一直在预约医生，与治疗师会面——确实是这样——但我也写了剧本，大约每年上演一次。我一直很忙。我去学校接我的孩子。我参加试镜，参加设计会议。我把孩子们头发上的虱子清理掉，或者带他们去找专业去虱人士。我带孩子们学空手道，拉小提琴，看眼科医生。我教书，我写作。我在做一部新音乐剧，一部新电影。我在座谈会上发言，我发表演讲。

在我40岁生日时，托尼蒙住了我的眼睛，带我去了布鲁克林的一家花店，在那里他预约了制作玻璃容器的课。我们一起打造了一个绿色的小世界，用玻璃制成圆顶，浅绿色的植物挨着深绿色的；我们创造了两个可以生长的小世界，不需要用太多的水。

随着双胞胎的成长，他们彼此之间的亲密关系，以及他们超凡的玩耍能力，意味着他们不需要像大多数同龄孩子一样被看得那么紧，他们在蹒跚学步和婴儿时期就是这样的。我不再对他们的身体健康高度紧张，转而享受他们坐在我的腿上、一起阅读的时光。他们已经大到会用吸尘器了。现在，三个孩子都在上学，我每天有不可思议的、奢侈的 6 小时写作时间。我的朋友们认为我是成功的，拥有丰富多彩的生活，也没有体会到任何痛苦。是的，虽然我还是每周进行针灸，但我决定把自己的主要生活放在治愈之外的事情上。

在接下来的 10 年里，在那个决定命运的《隔壁房间》首演之夜后，我又上演了 6 部戏剧，并写了一本散文集。我和我心爱的学生马克斯 · 里特沃一起写了一本书。我写了一部关于我母亲扮演彼得 · 潘的新剧。她从小在艾奥瓦州达文波特的当地剧院里扮演彼得 · 潘，有一次玛丽 · 马丁路过镇上时，我母亲在更衣室里见到了她，当地报纸足以证明这一点。

我还写了一些关于一夫多妻制、政治王朝兴衰的新剧。我

Peter Pan Meets Peter Pan
As Mary Martin Stops in Town
by Kathy Kehoe

我母亲遇见玛丽·马丁的照片

曾在剧院工会任职，试图帮助其他女作家，并设立基金为剧院的女性提供幼儿托管服务。我为一部歌剧写了剧本。实际上，我还参与了几部电影的拍摄工作。

我写的很多东西都是很口语化的——比如在睡前给我的孩子们编故事，我称故事为《梦之船》。我会把我们所有人放在一艘船上，冒险接踵而至：折翼的仙女，会说话的土豆，会说话的海豚——我不记得任何一个故事了，当我讲给他们听的时候，自己也昏昏欲睡。我会编造半个故事，然后告诉孩子们在梦中完成故事，剩下的故事内容是一艘船载着每个人进入梦乡。我常常是第一个入睡的。

在《隔壁房间》上演后，我的其他剧作看起来都没有之前的作品那么成功了。例如，没有人来百老汇了。也许是因为在错误的时间错误的地点上演了新剧，也许是批评者太过吹毛求疵。但在我的脑海里，我的旧生活和新生活之间出现了一条微弱的分界线。一个奇怪而毫无意义的想法开始蔓延，大概是：在我的身体被作为母亲的身份摧毁后，人们对这些戏剧的理解也变得不同了，在我的想象中，这一切都与我的脸有关。米兰·昆德拉在《不能承受的生命之轻》中说："隐喻是危险的，隐喻是不能轻视的。"隐喻变为现实。

我开始思考：曾有一段时间，我和世界是和谐相处的，之后似乎就不一样了，这是以我得面瘫作为分界线的。我试着跟自己争辩：你的运气与你的脸无关，运气就是运气；戏剧像是反复无常的情人，它并不是唯一一种更青睐年轻人的职业。

我还记得我在美国笔会上介绍爱德华·阿尔比的时候。他骑摩托车（70 多岁）摔伤了肩膀，让我帮他脱下皮夹克。我做到了。我试着帮他拿夹克的另一边，他拦住了我，喊道："我只需要你帮我受伤的那一边。"

在台上，他对我的介绍表示感谢，说很高兴能和这样一位"年轻漂亮"的剧作家一起上台。那时我才 30 多岁。一开始我想：太好了，爱德华·阿尔比认为我还年轻漂亮。直到我回到家，才感到愤怒。为什么他要在全世界一群关心写作和人权的人面前评价我的吸引力呢？为什么他要抹杀我是一个颇有声望的作家的事实，并对我的年轻和可取之处发表评论见解呢？我认定，也许他的名望和资历需要一个天真的人——可以定义为天真、单纯、朴实——作为陪衬。

这让我想扼杀内心的天真。此外，我这位写天真烂漫的作家还写了一部关于 20 多岁的女人寻找真爱、抛弃真爱、成为自己的故事。利奥是《隔壁房间》中的一个角色，他告诉吉文斯夫人："一个女孩、一个完成了三分之二身份转变的女人，离上帝会更近。就因为这，一个即将认识自己的年轻女子对男人来说是世界上最具吸引力的人。”观众不太信任艺术家利奥，因为利奥不太值得信任。

《隔壁房间》完成后，我决定不再写天真烂漫的作品了。一个野心勃勃的计划开始生根发芽：每10年写一部关于女人某个人生阶段的戏剧。例如：从十几岁开始写，然后是20多岁、30多岁、40多岁、50多岁、60多岁、70多岁、80多岁——我可以把这些剧本放在一个小盒子里，从摇篮到坟墓，关注这些女人。

我想，如果母亲的身份把你一分为二，那你必须重新振作起来。

后来，新一代iPhone推出了面部识别技术，我必须在手机上采集我的脸部照。我不太明白这项技术，所以我丈夫把我的手机举在空中轻轻地照向我的脸。我被迫在手机摄像头前看了两分钟自己的脸，我注意到自己的左嘴唇一直微妙地向上翘着，我一直在笑，而我的左眼下垂，看起来很疲惫。“哦，不！”我想。我有他们所谓的“天生臭脸综合征”。（显然，“天生臭脸综合征”是一种只有女性才能患上的疾病。）

我了解到剧作家温迪·沃瑟斯坦在生下孩子后也得了特发性面神经麻痹。你可以从她分娩前后的照片中看到，她在风华正茂时总是露出标志性的灿烂笑容。（她也放声大笑，我两次见到她都曾亲耳听到。）在孩子出生后的照片中，她要么看起来很沮丧，要么看起来很疲惫。现在我意识到了，这些照片不是一个失去快乐的女人，也不是一个沉浸在严肃文学中的女人，而是一个试图掩盖自己不对称面孔的女人。我希望能和她谈谈这件事——关于作为一名剧作家和一名母亲，关于在她标志性的笑容闻名之后依旧保持温和的微笑，关于如何在一个奖励往往是一次性而不是长期的领域保持长久的职业寿命，以及表达想要扼杀一个人内心天真的愿望。

在得了特发性面神经麻痹的第 9 年，我开始明白，当我微笑的时候，我的脸仍然扭曲不仅是因为神经发育不全，而且是因为我患有肌联动症。当神经科医生用令人讨厌的临床态度告诉我肌联动症时，我知道我不想学习的就是这个讨厌的希腊词语。

我的立场是——如果我没学这个词，我就不可能确诊这个病。联动是指不自觉的肌肉运动伴随着自然的肌肉运动——就像如果你微笑，你也会不由自主地眯起眼睛。而我的情况是，如果我扬起眉毛，我的整个嘴巴都会向上扭曲。如果我试着露齿微笑，我的左眼就会闭上，我的颈部肌肉会用力扩张。

我当时正在一个开幕晚会上。你可以看到我的左侧脸在试着微笑，嘴唇紧闭，尽管我的左眼眯着表示抗议，我的下巴也做出了同样的反应。

人类具有双侧对称性。我们的对称性帮助我们认识彼此，当我们的对称性消失时，这可能表明我们该对自己的健康担忧了。

如果嘴巴是一只有两只翅膀的鸟，只有一只翅膀扇动意味着勉强和破碎，而不是美丽或飞翔。这就是我微笑时的感觉。当你看到一只鸟扇动着一只翅膀时，你会想：可怜的鸟儿。

最近，我在餐桌上和我的孩子们谈论写关于特发性面神经麻痹的文章的可能性。儿子笑着说："你可以把这本书叫作扭曲的嘴巴或蜥蜴眼（lizard eye）。"

"蜥蜴眼？什么是蜥蜴眼？"我困惑地问。

威廉说："当你不得不微笑拍照时，你总是把你的左眼称为蜥蜴眼。"

"哦，"我说，"小眼睛（little eye）！我的小眼睛。"

我称我的左眼为"小眼睛"，因为每当我微笑时，它就会皱缩起来，变得比我的另一只眼睛小很多。这就是肌联动症的本质，我现在知道了，因为我已经认真学习了这个词。

但我儿子一直以为我自称有蜥蜴眼。这不足为奇。因为蜥蜴的眼皮是不动的，而且很干。

我做了一些研究，了解到肌联动症的治疗仅限于电子仪器监测、实验性手术和……哑剧疗法！是啊，哑剧！为什么我之前没想到这件事？看在上帝的分儿上，这位临床态度不好的神经科医生为什么不告诉剧作家，她可以通过上哑剧课好起来！他没有意识到我会立即进行哑剧治疗以防止脸部退化，因为我不太可能让自己接受脑部手术。作为一名戏剧制作人，我喜欢练习一种由荷兰哑剧演员创造的方法。我想：我会研究哑剧疗法。明天我会找到我的哑剧演员。他在哪里？他肯定是在蒙马特穿着红色缎面吊带，而不是在可以用安泰保险的理疗室里。

我终于想到打电话给我的老朋友朱莉，她是罗得岛的一名神经科医生，看看她对肌联动症有什么好办法，问问她我是否应该进行实验性手术而不是哑剧疗法。

回想起来，我不知道我为什么没有在我确诊后立即打电话给朱莉，向她咨询关于我病情的详细问题。这可能与羞耻以及不想打扰别人有关，也可能是不想让朋友给我带来坏消息，比如：你永远都不会从这病中恢复过来。这容易让朋友很尴尬。

朱莉和我有很多共同之处，我们都有三个孩子，都有一对双胞胎。她是我认识的唯一一位科学家，她还在摇滚乐队中演奏立式贝斯，在业余时间画画和写侦探小说。因此，她可以用很少有人能做到的方式，即隐喻向我解释科学问题。

我打电话给她，向她咨询肌联动症，为什么神经会以错误的方式生长，为什么我不能让我的大脑告诉神经以正确的方式生长。她说，她很希望我们可以指示周围神经在哪里生长，但它们需要辅助工具，神经网络就像是一张需要遵循的路线图。她使用了越野滑雪的比喻：如果别人已开辟了滑雪道，你的滑雪板就会很自然地沿着这些滑雪道滑行。你不需要知道滑雪道的去向，你最终总会到达终点。但如果你没有踪迹可循，也不知道留下的痕迹在哪里，你就会迷失方向，永远也到不了终点。

朱莉还告诉我，神经科医生在历史上历来都是男性，每个人都害怕对孕妇进行医学研究。妇产科医生往往对神经学知之甚少，因此，我们对怀孕期间或怀孕后影响女性的神经疾病就知之甚少。现在有了更多的女性神经科医生，在产科和神经学的交叉领域进行着更多的研究。

我问朱莉，为什么我的左脸还会有奇怪的微弱的电流感。我以前从来没有问过医生，因为我想让这种感觉成为我面部康复的一线希望，想象这些感觉是神经再生或肌肉的神经再支配。我不想让医生告诉我这种感觉只是强烈的神经抽搐，或者病理性表现。朱莉告诉我，两种都是可能的，当一些神经分支在大脑或脊柱损伤中再生时，人们可能会感到疼痛（有时是在事故发生6个月后），这是细胞试图再生轴突的表现。

我问她关于哑剧治疗的事。她说她没听说过，但不妨试试。

最后，我问她我是否应该接受实验性神经外科手术。她说不用——手术需要一条本应到达下巴的神经（5号脑神经的一个分支），将其劈开，并将其重新定向到面颊的一块肌肉上（这条肌肉本应由7号脑神经支配，但现在后者并不能完美运作），以使微笑更对称。这就像播下了一颗种子，手术需要几个月的时间才能扎根，如果手术真的奏效，我只有在手术6个月后才会开始看到效果。目前，手术的成功率显然只有60%~85%（不是60%~85%的神经功能可以恢复），就是说手术完全奏效的可能性是60%~85%。

去他的实验性神经外科手术。

去他的天真，去他的装聋作哑的姿态。

感谢上帝赐予我这些老朋友。

24. 是时候再次微笑

当双胞胎 9 岁的时候，我去布鲁克林的剧院第一次看了戏剧《冬天的故事》，之后被邀请做演讲。当我观看这出戏时，冰冻的赫敏雕像再次给我留下了深刻的印象。这是莎士比亚笔下最诡异的场景之一。我们以为赫敏死了，但她看起来像一尊即将苏醒的雕像。她的丈夫走近妻子冰冻的肖像，说："她的嘴唇很温暖，似乎还有生命，但她的眼球并没有动，我们似乎被艺术愚弄了。"

为什么一个女人会被冻上十多年，然后又不知何故解冻的呢？当然，这对我个人来说是个问题，因为我仍然在努力解决一些问题，如：一个人应该什么时候简单地只是接受诊断，而不是妄想变得更好？接受和拒绝有什么区别？接受是不是意味着，我渴望我的生命变好，让我的身体像正常人一样？那么恩典是从哪里来的，又是怎么来到的呢？

当我看《冬天的故事》时，我在想：赫敏是一个真正的女人，还是一个艺术的隐喻？女儿凝视着“她母亲的雕像”有什么意义吗？叫醒妻子的不是丈夫，而是女人的朋友波琳娜，她对雕像说：“音乐，唤醒她吧……时间到了，下来吧，不要再做石头了……把你的麻木留给死亡……亲爱的生活救赎了你。你能感觉到她在动。”

不再是石头……

不再动弹不得……

我想：总有一天我会融化。

总有一天我会醒来。

确诊后不久，我在《纽约客》杂志上读到乔纳森·卡尔布（他就是那位邀请我看《冬天的故事》的剧作家）写的一篇感人的文章，名为《给我一个微笑》，文章讲述了他患上顽固性特发性面神经麻痹后的经历。他提到，他体会到了受挫的乐趣，尽管身体的康复并没有随着乐趣而来。他写到结识新朋友的困难——详细描述了他在派对上不遗余力地发表个人演讲，这样新认识的人就不会对他怀有恶意。

我第一次读的乔纳森的散文，是一位认识他的剧作家朋友寄给我的，我大致浏览了一下，因为它太接近我自己的经历，太痛苦了，我无法深入阅读。因为乔纳森和我一样，是少数患特发性面神经麻痹的患者之一，而且永远不会完全康复，他的故事让我很沮丧。

我一直在想，如果我是个男人，确诊慢性特发性面神经麻痹会不会让我更容易接受。我们的文化中当然更喜欢女人微笑，即使她们很痛苦。多年后，在读了他的文章后，我决定请乔纳森出来吃午餐。我要问他，做一个患有特发性面神经麻痹的男人是不是会更轻松些。

我们约见在有充足光线照进的茶馆里。虽然我从未见过他，但我立刻认出了他，因为他的脸和我的一模一样。我们聊了聊，喝了汤。看着一张和我的脸有着同样经历的面孔，看着一个可能同样感觉到脸和情绪之间奇怪剥离的人的眼睛，可以感觉到我的镜像神经元被激活。我对乔纳森充满了无尽的同情。当他笑着转过身去时，我能看到他脸上似乎闪过一丝羞愧。我想："不，你的笑声很美，你笑着看我的样子很美。"

我记得，他在文章中写道："笑可能是一种特有的让生理上无法微笑的人走出抑郁的方法。"他指出，你不一定在需要笑时才能笑。吃午餐时，他吃了一个饺子，饺子爆浆了，他向我道歉。我告诉他不要道歉——患特发性面神经麻痹的人吃东西会很困难。我费了好大劲才用筷子把一根大黄瓜塞进扭曲的嘴里，这一次，我和新认识的人吃东西时没有感到难为情。

乔纳森告诉我，他也梦见过他曾经的面孔。他也在面瘫前和面瘫后的生活之间划出了一条潜在的界限。他也曾试图在受影响后变成一个面无表情的人，以便在一段时间内与自己的脸相配，后来他决定停止这样做。他说，他愿意通过暴露自己的方式，尝试着用脸表达自己的感受，他称之为一种“出柜”，即使这些感觉可能会被误解或看起来很丑陋。乔纳森说，在他的文章发表之后，许多外科医生都联系他让他接受手术，但手术是实验性的，而且经常会使病情恶化，所以他选择不做。

最后，我问乔纳森他是否认为一个男人比一个女人更容易接受难以恢复的特发性面神经麻痹。乔纳森说：“上帝啊，确实，这对一个男人来说更容易。人们期望女性在几乎所有困难情况下都能保持微笑，而男人冷漠而严肃很正常。”“嗯，该死的，”我说，“这可能是真的。”

在午餐快结束时，乔纳森告诉我，一位神经外科医生给患者颈部注射肉毒杆菌毒素在防止肌联动症方面取得了一些成功，这不是我过去听说过的实验性手术，而是一种微创手术。乔纳森说，这个手术让他感觉好了几个月，并防止了出现极端的肌联动症，但后来他不想再注射任何东西了。他给了我那位神经外科医生的电话，然后我们道别。

道别后，我意识到，9 年来，见到乔纳森才第一次让我对自己的脸产生了同情。

在我缓慢而不完全地从特发性面神经麻痹中恢复的过程中，我对其他面部不对称的人的同情往往比对我自己的同情更多。为什么？难道一个人的脸看起来是意志的中心，因此应该为没有做到自我修复而自责吗？

与乔纳森共进午餐一周后，我收到了他寄来的一本书。他在莎士比亚著作《第十二夜》的扉页上题词：

“我觉得是时候再次微笑了。”

25. 对坏大夫充满愤怒

神经外科医生的办公室在纽约曼哈顿的上东区（美国的富人区）。这个地方让我有点害怕，因为对我来说那是个经常带给我坏消息的地方，但我还是去了。在办公大厅等待的时候，我在手机上浏览了一些关于特发性面神经麻痹和抑郁的研究。一项研究让我觉得很搞笑，因为其结论似乎很显而易见：

“相当大比例的面瘫患者会因为他们的状况而经历心理上的痛苦……”

啊，确实。

“其他研究表明，女性遭受的心理痛苦更大，这可能是因为社会对女性的外表比对男性的更加重视。”

好的，了解。

“与男性被调查者相比，女性被调查者的焦虑程度要高得多。但女性和男性经历高度抑郁的可能性是一样的。”

是的。

“这些研究证明，面瘫的客观严重程度与患者经历的主观痛苦程度之间没有直接联系。”

是这样。

“人们已经注意到，面瘫患者最苦恼的是不能微笑和表达情感。”

这点我已经知道了。

这时神经外科医生把我叫了进去。

医生让我坐在一张令人望而生畏的橡木桌子对面，并记录我的病史。他说的第一句话是：“你很漂亮。”我断定这是他让患特发性面神经麻痹的人卸下防备的惯用手段。他详细询问并认真记录我的历史。我再一次讲述了通乳师说我的眼睛下垂的故事，以及我是如何开玩笑地说“因为我是爱尔兰人”。

他抬起头，“你是爱尔兰人？”他看上去对此很感兴趣。

“是的。”我说。我想知道他是否也会把这和乳糜泻联系起来。然而，他说：“我无法招架爱尔兰女人，她们非常漂亮。一个爱尔兰女人曾经是我一生的至爱。”不知何故，我猜到那个爱尔兰女人不是他的妻子，果然，他无意中说出他最近离婚了。

他又回到正题，告诉我他可以做跨面部神经移植，把我腿上的肌肉移植到面部，但我需要通过紧绷另一块面部肌肉来重新学习微笑。“嗯，这是不是有违我的初衷呢？”我问道，“重要的不是要再次能自发地微笑吗？”

“我明白你的意思，”他说，“但我们还是需要先去检查室检查看看。”

在检查室里，他让我坐在一张滚轮椅上，张开双腿。他开始测量我的脸。他坐在另一张滚轮椅上在我两膝之间快速移动，我们的膝盖都碰到了一起。嗯，我想，他必须靠近才能测量我的脸。他给站在后面的护士报了数据，护士记下了数据。他仔细地看着我的脸，是医学式的凝视，还是有别的什么意思？两者都有？我看不出来。他把一个金属器具塞进我嘴里，让我咬下去，然后微笑。护士拍下了我嘴里含着金属器具试着微笑的照片。然后我们又回到了他的办公室。

他坐在桌子后面。“就像我说的，你是个漂亮的女人。”我坐在椅子上缩了缩身子。我从来没有在一个小时内被这么多次地夸赞为漂亮女人，这让我开始感到毛骨悚然。事实上，我想以前没有人当着我的面叫我“漂亮女人”。关键是这提醒了我，我是一个女人。我仍然希望夸赞是他对面瘫患者使用的一种医学治疗策略。

“现在，听着，”他说，“我会帮你，因为我喜欢你，我并不是每个人都喜欢，但如果你到了我这个年纪，你会怎么想就怎么说。你的确很有魅力。”

“谢谢，”我边说边想，他会帮我难道不是因为他是医生，而我付钱给他吗？为什么是因为他喜欢我而帮助我呢？

但他继续说：“所以，我可以做手术，我们可以将外源性肌肉转移到口腔。我是一名优秀的外科医生，所以手术应该会很顺利。”然后，他指着墙上挂着的一些奖状，这些奖状都是对他为患有脑瘤的儿童做复杂的神经外科手术的表彰，他告诉我他挽救了许多人的生命。“但是，”他说，“你是三个孩子的母亲，这是一个很大的手术，我不确定你是否愿意接受这样的手术。”我点头表示同意。

“相对而言，我更推荐注射肉毒杆菌毒素治疗肌联动症，这是一种入侵性小得多的手术。”他解释说，肉毒杆菌毒素会冻结你好的一边脸，以匹配坏的一边脸。它还可以暂时麻痹左脸错误工作的肌肉神经。我想：为什么我要用我幸运地保持着运动乐趣的半边脸来换一张完全瘫痪的脸呢？我想要更大的灵活性、更多的表情，而不只是为了对称，他却想让我的脸更瘫痪。他接着说：“这是医用肉毒杆菌毒素，所以保险公司会替你支付。”他又提醒道：“要帮助你在无表情时和做出表情时两边脸都是对称的，确实很棘手。就好比你帮了一个人，会伤害另一个人，反之亦然。”

他身体前倾，紧紧地盯着我。“所以，”他说，“这必须是一种合作。”

“合作？”我问。我习惯了合作——我在剧院工作。

“你得经常过来向我反馈你是否喜欢脸部的变化。如果你愿意，这需要我们约会。”

我惊呆了，把他的话记在我的小笔记本上。在他心目中，他会把我塑造成一个爱尔兰卖花女，然后把我扔到候诊室的沙发上吗？“你不必把这些都写下来。”他说。“哦，是的。”我想。他接着说：“我会处理好一切的，我们会让你预先获得医用肉毒杆菌毒素的批准。当然，由于医改，物价上涨……以及非法移民的问题……”“上帝啊！”我想。他真的要聊这些了吗？我起身准备离开。我离开房间时，他碰了碰我的胳膊肘。我逃跑了。

第二天，护士打电话说，我的保险公司已经预先批准我注射肉毒杆菌毒素的申请。“不用了，谢谢。”我说。她似乎很惊讶。我绝不会让那个男人碰我的脸。

第三天，我想，不管我喜不喜欢，我都要带着这张脸死去。或许我也会爱上它。

26. 对好大夫心怀感激

我知道好大夫和其他大夫的差别不仅在于医术，更在于是否懂得倾听。之前遇到的罗塞尔大夫听说我有爱尔兰血统，会受临床直觉驱使帮我做乳糜泻的检查；而某位神经外科大夫听我这么说，只会分享他对爱尔兰女性的钟情。

我的丈夫就是一位好医生。我想他在听病人倾诉时，会有听我和孩子说话时那样的同理心。我还记得他宣读希波克拉底誓词的场景，当他宣誓要像关心家人一样关心患者时，我有点担心。我之后查过希波克拉底誓词，没看到类似的内容。他宣誓的时候，我是因为害怕在他的优先级里落后而无中生有了吗？或许我是受了祖母的影响，因为她的丈夫也是一位医生，20 世纪 50 年代艾奥瓦州的小镇医生可和我丈夫截然不同。

我的祖父也是一位好医生，常常背着他的棕色医疗包四处行医。他很少在家，但他救了许多儿童的生命，并不辞劳苦地致力于索尔克脊髓灰质炎疫苗的试验。

新冠病毒大流行期间，好大夫随处可见。他们坚守岗位，不知疲倦，不顾物资短缺，不惧感染、死亡以及危及家人的风险。我那套好大夫要懂得倾听的标准好像过时了，留在了美好的过去。现在是非常时期，我们没资格再怨这怨那，医护工作者的英雄主义仿佛能拯救所有人。

即便患者说不了话，好大夫还是得戴着口罩检查他们的身体，观察患者状况。

朱莉就是一位信奉英雄主义的好大夫。我问过她怎么安慰排在队伍最后、得不到医治的患者，怎么安慰神经损伤威胁到身份认同的患者。她说有时候遇到棘手的情况就会叫患者写下让他们心怀感激的事。不是写“感谢我的家人朋友”这种感恩节说的套话，而是写下生活中切实依赖的东西。想象如果不写下来，它们就会在午夜消失。

然后，我开始思考我要写的感恩清单：

- 我为丈夫还有心跳心怀感激。
- 我为能洗热水澡心怀感激。

- 我为能品尝食物的味道心怀感激。
- 我为孩子肢体健全心怀感激。
- 我为孩子心理健康心怀感激。
- 我为孩子还肯让我在睡前拥抱他们心怀感激。
- 我为能去杂货店心怀感激。
- 我为还有头发心怀感激。
- 我为有床睡心怀感激。
- 我为我的狗心怀感激，也为它被电梯门夹住尾巴但没断心怀感激。
- 我为能从水龙头接到清凉的饮用水心怀感激。
- 我为天花板不漏水心怀感激。

我写这清单的时候，忽然有些心痛：可能有读者正需要我写的某些东西，我却在不知不觉中炫耀。

然后我就不写了。

但我又想到，我们都失去过各不相同、彼此难以理解的东西，也都拥有不一样的东西，所以我又写了起来。

- 我为手指能动心怀感激。
- 我为能闻到、尝到汤的味道心怀感激。

- 我为妈妈的微笑心怀感激。
- 我为姐姐有话直说心怀感激。
- 我为内衣被狗咬坏了还能买新的心怀感激。
- 我为还活着心怀感激。
- 我为拥有给我带蓝莓的朋友心怀感激。
- 我为拥有给我带儿童安全座椅的朋友心怀感激。
- 我为能写下“感激”一词心怀感激。

我可以一直写下去……

突然间，我只有半边脸能笑的问题就显得微不足道了。

我开始在心里祷告：

让我心怀感激，让我做一个有用的人吧！

27. 叮咚叮咚，快快习惯你的脸

下图中的诗人艾伦·金斯伯格也患有特发性面神经麻痹。他是《嚎叫》的作者。特发性面神经麻痹无法治愈，他却很多年都被告知是中风。一位当大夫的朋友告诉我，医学生会用叮咚声代指特发性面神经麻痹（Bell’s palsy）的，以免将其误诊成中风。叮咚，是铃铛的声音，你明白了吗？（bell，有铃铛之意。）如果有医学生在巡诊时观察到患者脸部下垂，就会用“叮咚”提示其他医学生。

这张照片中，金斯伯格毫不掩饰面部的缺陷，给我留下了深刻的印象。他没想把脸扭开，没用手遮挡缺陷部位，也没改变光线。男性有女性不具备的一个优势，可以用胡子掩饰特发性面神经麻痹。金斯伯格经常留胡子，但这张照片里剃得干干净净。

艾伦·金斯伯格

他似乎想说：我是一个诗人，我的脸长这样。

我决定不再遮着脸也不再逃避现实，我开始找物理治疗师。那时距我确诊特发性面神经麻痹已 10 年了。我在纽约找不到能做哑剧理疗的地方，倒在网上找到了一位专攻特发性面神经麻痹的理疗师。我被高级健身房里的一个怪人拍下如电影《雨中曲》中的角色科斯莫一样的照片以后就再没找过理疗师了。

但我现在了解到了神经具有可塑性，就觉得不妨一试。朱莉告诉我，神经可塑性归根结底是人的大脑经历过创伤以后还可以改变——老狗能学会新把戏。例如，一位神经外科医生切除一个孩子半边大脑时（这确有其事，一般是因为癫痫已经严重到了危及生命的程度），这个孩子还是能学说话，重新学会使用已切除的半边大脑支配的上肢和下肢。朱莉就有两个做过大脑半球切除术的患者（其中一位由本 · 卡森操刀）。这两位患者都过得很好，能说、能走、能和人沟通，其中一个还生了孩子。

显然，以前我们都以为大脑生长不出新细胞，但我们现在知道了新细胞能在一个叫海马体的大脑部位长出来。朱莉对我说，神经可塑性是指大脑受伤部位附近的神经通路和神经元突触会再生，从而让剩下的细胞更努力地工作。对于周围神经，其细胞体生活在大脑外面，当细胞死亡，它也会死亡。但如果主管肌肉活动的细胞死了，其他受了轻伤的细胞就会长出轴突，并学习重新支配虚弱的肌肉恢复。

我了解到，神经科学家爱德华·陶布博士在治疗中风导致的半边脸面瘫方面取得了突破。他帮患者重建了大脑的运作模式，具体方法是捆住完好的半边身体，强制这些患者使用受损的另外半边。完好的半边身体被固定住，受伤的半边就会被迫觉醒。我觉得这种方法在脸上也能行。我打电话给陶布博士的诊所，问他们接不接收特发性面神经麻痹患者，他们说诊所不收特发性面神经麻痹患者。我没有这块的医疗保险，所以要想接受神经可塑性的治疗，就只能自己找大夫。

伊莱恩和我第一次见面是在一个雅间。她告诉我，她得过三次特发性面神经麻痹，她姐姐因为一些先天性障碍更是得过10次。你应该猜到了，伊莱恩的办公室在上东区，这就很不妙。伊莱恩是一位物理治疗师，她和我年龄相仿，有个小女儿，从摩洛哥经由厄瓜多尔和布朗克斯来到这里。她说她要跟我多聊聊，目的是观察我在与她交谈时会做出什么表情。

然后她让我笑一笑。

很长时间以来，我试着去笑的时候都不让人仔细看我。我的朋友，我的孩子，我的母亲，甚至托尼，我都通通不让。让她这么一个陌生人看我扭曲地笑，本身就是一种治疗。

关键是，和那位高端健身房里的物理治疗师不同，伊莱恩没让我照镜子。她的脸就是我的镜子，她会跟着我做一样的表情。这样，我试着去笑的时候，就不会感到羞耻了。

羞耻是一种奇怪的情感，附着于诸如气味这类我们没法控制的东西上。平心而论，我的脸变成这样不是我的错。那我为什么会觉得羞耻？这就是原罪吗？（原罪的概念我也一直理解不了。）不然为什么我没错却被烙上印记？我是天主教徒，一直深谙愧疚的含义——不过我也理解不了，为什么许多宗教不以善意为中心展开，却以愧疚为中心展开。我 4 岁的时候从便利店偷了口香糖，因为愧疚只躲在柜子里吃了一颗，就把剩下的全扔了。

羞耻感则一直让我捉摸不透。羞耻感是愧疚和被暴露的结合体吗？

有个词叫“面带羞耻”。我虽然理智上不承认，其实我会为我的脸感到羞耻。我为这个本该表达羞耻的工具而感到羞耻。

当我们的身体暴露却无法控制时，我们就会感到羞耻。夏娃可以用无花果叶挡住下体，我们却不能用它遮住脸。

一帮 13 岁的孩子把我送回家，我向他们道过晚安，回到我在二楼的房间，在窗边换上法兰绒睡袍。那扇窗没有窗帘，有个女生让大家都站在我家楼下看。第二天我去上学的时候，这个女生和许多同学说我是个13岁的暴露狂，故意在卧室里裸露。当身体不受我控制、没经过我同意就让人看到，这叫羞耻。

我小时候弄脏了内裤，因为觉得羞耻，不敢把它放进洗衣机里让人看见，就把它藏在一个小抽屉里，很多年以后才意外翻出来。

羞耻和当众羞辱不一样。人感到羞辱的时候不一定会觉得羞耻。我的剧作公开受到差评会让我感到羞辱，却不一定会让我觉得羞耻。

我记得我20岁在英国读书的时候，有次检查信箱发现我的名字旁边写了“女同性恋”。虽然我当时不知道怎么描述，但我一直知道我只会对特定的人产生欲望，而不是特定的性别。在我名字旁边写下“女同性恋”的人是在我身上或脸上看出了什么我无意暴露的东西吗？这个人是看出了我对当时挚友的迷恋吗？是看见了我房间里贴的裸体画或成堆的弗吉尼亚·伍尔夫的书吗？还是参加了我为庆祝21岁生日举行的反串派对，看见了我穿裤子、系吊裤带、戴假胡子的样子了呢？这个人窥探过我童年的梦、观测过我的未来吗？我不觉得“女同性恋”是个贬义词，但这个人肯定觉得它是贬义词才会把它写在我的名字旁边。我和我的身体共度过多样、微妙而私密的旅程，我想那个人对此一无所知，但转念我又觉得我可能被迷惑了。我自己都不能说完全了解自己，那个人又凭什么了解我？所以我觉得那个人就是想让我觉得羞耻。

羞耻会让人脸红。脸就是羞耻的温度计。“丢脸”说的是人因为声誉受损不能公开露脸。

我喜欢托尼的一点是，他从来没有让我觉得羞耻。

★ ★ ★

现在，我看着伊莱恩的表情，意识到我为我的脸感到的羞耻是如此强烈，所以很多细微的表情10年来都没试着做过。想掩饰的话，方法可太多了。不是只有天才或恶人能跟生活捉迷藏。“把脸露出来！”牛仔会冲恶人这么喊。恶人正躲在阴暗处，一张脸模糊不清。他是一个懦夫，哭闹着不肯展露真实的自己，正如他的脸不能见人。

“挑眉。”伊莱恩说着，跟着我挑眉。“撇嘴。”伊莱恩说着，我们一起撇嘴。她还说，“装作闻到了难闻的东西”。我允许她给我拍照，作为脸部改善的基准。她拿一张纸算出我左脸约损坏了70%，我不知为何还抱有希望。但当我在地铁上看到她给我扭曲的脸拍的照片时，我意识到我的样子有多狼狈，我删掉了所有照片，只想一死了之。

有天托尼和我听着广播给孩子们做早餐，在美国公共广播电台听到了女演员露皮塔·尼永奥的访谈。主持人问了她与美和肤色歧视相关的问题——尼永奥小时候因为是黑人而觉得自己不美。她说她妈妈有句格言："美不能当饭吃。"我暗叹这话说得真好。主持人也是女性，她接着问尼永奥，成为世界上最美的女人是什么感觉。在谴责过以浅肤色为美的荒谬标准以后，主持人又把尼永奥放回了美的笼子里。我们也跟着回到了自己的笼子里。

★ ★ ★

我躺在桌上，伊莱恩戴上蓝色乳胶手套，把手伸进我嘴里。她顶了我的咬肌，我感到很疼。笑容受多块肌肉控制，咬肌便是其中之一，还有笑肌。伊莱恩像和老朋友叙旧一样说："笑肌，来吧！露牙笑出来。"我练习对她微笑。

"一、二、三，笑！"我试着去笑，不顾她的手还在我嘴里。“啊，这个笑自然多了。感觉到没？”我不知道。别人叫你笑的时候，你很难分辨你笑得自不自然。反正伊莱恩因为我的进步很开心。“一、二、三，笑！”她重复道。我继续练习笑，并在这个过程中思考：微笑是一种练习吗？

她继续把手抵在我嘴里，顶我脸颊上的肌肉。她说她父亲上周去世了。我不太方便说话，还是尽量对她说：“我真替你难过。”她说她父亲享年 97 岁，一辈子都很幸福，她妈妈哭过以后又不哭了，然后又因为没有保持难受的状态心生愧疚。“难过是一种复杂的情绪。”她的手还在我嘴里，但我还是含含糊糊地说出来了。

我父亲去世的时候，我和我姐姐、我母亲住在同一屋檐下，但我们都在私下难过。我知道她们很难过，可我们不是非得抱头痛哭。我们养了条狗，还试着训练它，训练得不怎么样，家里很安静。

我做了一个很生动的梦。有个大夫看着我的嘴说：“啊，我看见了，你在心里偷偷哭着呢！你知道愉悦吗，小妹妹？”

我说：“愉悦是一个女人的名字吗？”

他说：“不是！愉悦！愉悦！愉悦！嚯！ 2000 美元。小妹妹，你可以给我现金。那样就好，出去的时候戴上口罩。”

我在家对着镜子继续练习笑。我按伊莱恩说的试着改掉面部的不协调运动，不让肌肉一起活动。我边挑眉边嘟嘴，把嘴张开，借助手指的力量去笑、撇嘴。

伊莱恩告诉我，不管怎样，有进步就好。

安娜 12 岁的时候，我带她去林肯中心看《窈窕淑女》。我朋友劳拉·本纳蒂饰演伊丽莎。她在《隔壁房间》里演过吉文斯太太。在帷幕拉开之前，我和安娜穿梭于后台。我在那里排过很多部戏，在那里给安娜喂过奶，怀着双胞胎的时候也去过那儿。

我和安娜看戏的时候，我听到《我看惯了她的脸》这首插曲，便竖起了耳朵。我不怎么喜欢亨利·希金斯这个角色，他有点不够意思，但这次的演员把这首歌唱得激昂而悲怆。我和安娜看完戏去劳拉的更衣室找她，她的宝宝正在里面玩，同时她换下了 19 世纪的礼服。我们为她祝福，然后走去坐地铁，我哼着《我看惯了她的脸》这首曲子。

我现在基本能哼歌了。我咧开嘴，发出的声音有点尖，不过……我还是继续哼：我看惯了我的脸，已经像呼吸一样。

我太想习惯我这张脸了。

反复尝试，不断呼吸。努力或成徒劳，或取得微小的进步。但如不尝试只会原地踏步。多年以后，我终于做出了尝试。

28. 重新拥有

我在接受了3个月的物理治疗以后发现我的脸有了很大的改变。我的脸变灵活了，而且我试着做了一些过去十年都在社交场合避免出现的表情。我意识到物理治疗的一个要点是在看着别人的脸的同时做表情。我们的大脑里有种神秘的东西叫镜像神经元。这会不会是镜像神经元的作用呢？

镜像神经元是在我们做出动作或观察到其他人的动作时产生反应的脑细胞。别人撇嘴，我们能理解他们的痛苦。别人打哈欠，我们也会打哈欠。别人微笑，我们也会微笑。有人提出，镜像神经元是产生共情的神经基础。戏剧归根结底是我们看着演员，感他们之所感，这就要靠镜像神经元。很显然，如果母亲要教小宝宝共情，就得模仿他们的表情。

当我第一次读到镜像神经元相关内容的时候生出了几分忧虑，因为我不能模仿双胞胎的表情，这会不会耽误他们？马可·亚科波尼博士在相关文献中写道：“婴儿微笑，父母以微笑回应。两分钟以后，婴儿微笑，父母又以微笑回应。这样，婴儿就会长出微笑对应的镜像神经元！”下页图片就很好地诠释了这一魔法般的规律。那个小宝宝就是我，正冲着我母亲笑，我们母女形成了完美的镜像。

亚科波尼等专家的理论是，我们模仿别人微笑或做出其他表情的时候，除了学会做表情，还学会了读懂别人的想法和感受。我们能通过模仿了解共情、学会共情。如果这个理论真的科学，我不能跟着别人笑出来，不仅会害我的孩子笑不出来，而且我也不能跟他们共情。

我的孩子拍照的时候都不爱笑，是我害的吗？

我还是讨厌镜子，最讨厌的要数我家卫生间的镜子。为了躲开它我可谓煞费苦心。它是一个双面的化妆镜，我自己绝对不会买的那种。它很客观很残酷，能轻易抹杀我的所有进步。这个镜子打开的时候，视角简直无孔不入，不仅能照我的正面，也剥夺了我想象的余地。如果你想看平时脸上看不到的地方、找痣或者看看头发梳得好不好看，这镜子还挺有用。

妈妈与婴儿期的我

但如果你微笑的时候不想看见左脸真实的样子，只想看你希望看到的样子，这镜子就不行了。

镜子和相机都有很多照不到的东西，它们照不到历史、照不到回忆、也照不到爱。相机只能留住瞬间。我朋友和我丈夫看到我的脸，能回忆起它之前的样子。他们会往好处想，想恢复后的样子和曾经对称的样子。他们爱我，所以会无条件地这么做，至少我是这么想的。

我母亲和她在艾奥瓦州达文波特读高中时的恋人在各自丧偶后重逢，已经在一起 15 年了。他们齐声大笑的时候，很明显在彼此眼中还是 16 岁时的那个样子，只不过现在有着不同的身体。

一个人的自我印象，包括历史和意图，都会受想象中他人目光的影响。在当今这个时代，自拍的流行让我们沉浸在无视他人目光的自我印象中。

这些自我印象像一条长廊，摆满了一尘不染的镜子。这些自我印象是一场没有出口的自恋。可“自恋”的元祖纳西索斯又到底是谁?

他是一个爱上自己倒影的男孩。他爱上了水面上的脸，却认不出它属于自己。既然他不知道那是他自己，那他真的是自恋吗?

我们永远看不清自己。在水里、镜子里、镜头里都是一样。我们无法借他人之眼看到自己，这是我们固有的属性。爱会不会是自尊最纯粹的工具?

我丈夫在我康复期间曾说，过去10年我越来越孤僻。难道是我把自我往观察家的身份里埋得太深导致它几乎消失了吗?是我太想隐藏我的思想和灵魂，好阻止别人把它们和我的脸联系在一起吗?那样的话，我好像一只掏空的乌龟，剥掉龟壳只剩灵魂。这种做法在自拍流行的时代实在偏激。在这个自我审视没有尽头又自恋的时代，自尊到底是什么?

我最好的朋友都说，他们对我过去10年中的自我躲避毫无察觉。我藏得太深，连他们都瞒了过去。

但我瞒不过托尼，他把我看得太透了。

经过几个月的物理治疗，我微笑的时候能看见左嘴角抬得更高了。之后，我笑起来不再捂嘴了。

我会在笑的时候试着直视他人的目光，不再躲闪。我现在发现，这种躲闪、这种后天养成的冷漠凝视、这种隐藏，在一定程度上是羞耻感作怪，但也是一种善意的欺骗——我不想让别人因注意到我的脸部畸形就想照顾我，我不想让他们与我--

起面对我不对称的脸。

我开始在公共场合冲别人家的小宝宝微笑。

有一次，在咖啡馆里看到一个特别好看的小宝宝，他刚睡醒，脸胖乎乎的，很可爱。宝妈在看书，我使出很大的劲儿冲这个不认识的小宝宝微笑，心想："对，就是你——我不认识的小宝宝，我在冲你笑，你能看见。你冲我笑，我就会继续冲你笑，就是你，你这个不知哪来的陌生小宝宝、小可爱。"

宝妈抬起头来看看我，把小宝宝抱起来紧紧搂住。她是不是在想："这个疯女人是谁啊？为什么冲我的宝贝傻笑？她要绑架我的宝贝吗？"

我再去找伊莱恩的时候，她测试了我的进步，很是惊讶。有一天，我手机上的面部识别失灵了，我的手机不认识我了。我的脸确确实实不一样了。手机都这么了解我们，这是个怎样的世界啊！

我的进步不仅能在镜子里看见，我的内心也感受到了。我能笑得更自在了，冲陌生人笑得更多了。有一天，一个女人在街上朝我走来，我明显能看出来她患有特发性面神经麻痹。她半边脸都下垂着、萎缩着。我试着冲她微笑，想让她知道，她的脸和我的脸一样能笑出来，我多少能理解她的遭遇，在那一刻祝她快乐。

她也冲我笑，虽然只有右半边脸在笑。

伊莱恩告诉我，她有个特发性面神经麻痹患者不知道为什么觉得有只眼睛很陌生。那只眼睛周边的肌肉不能动，她就感觉它应该长在别人身上。她的脸一直在恢复，但还是感觉不能眨的那只蜥蜴眼很陌生。经历了几个月的物理治疗，她终于说："我又能感觉到这只眼睛是我的了！"然后她哭了。

既然模仿伊莱恩的表情有助于面部康复，我决定在家关上灯看视频模仿演员的表情。我平时不会像动作片主角那样撇嘴，跟着动作片练习能学会新的表情，所以动作片是好素材。菲比·沃勒-布里奇在做鬼脸方面是奇才，她在《伦敦生活》一剧中出现的表情可以被用来练习讽刺的表情。我就这么坐在黑漆漆的家里，试着模仿他们。

马龙·白兰度的眉毛似乎能说千言万语，我看着他挑眉低眉，也尽力跟着做。眉毛是会说话的。你的眉毛动不了，脸的表达能力就会差些。为什么那么多动物中偏偏狗这么可爱、这么亲切？因为狗不像猫，狗有眉毛，它们看起来似乎在微笑。

我练习微笑练得非常用功，练习需要照镜子，过去10年我都尽量不照镜子，不过现在我知道了，我拒绝在镜子里看到那个女人的时候，直接拒绝了一切具象。

我的进步并不规律。

10年以后，我第一次让一个朋友拍下我露齿微笑的样子。我觉得那样子很难看，想把我的脸直接涂掉。我想变成亨利·马蒂斯画作《梅花，绿色背景》中的女人。她什么面部表情都没有，和画中的物件很协调。啊，没有脸的女人，脸像物件一样静止的女人……你是谁？

居斯塔夫·莫罗的画作中也有一些没有脸的女人。他经常画没有脸的特洛伊海伦。是因为海伦太漂亮了所以不好画，还是因为画她的脸会引发暴力？

当人脸变成面具，灵魂要么隐藏要么逃跑。我现在要让我的灵魂回到我的脸上。我要恢复到什么程度，才能重新接受我的脸呢？喜悦是一种非常具象的感情，是顺流而下，是看着杂技演员腾空报之一笑，但不包括照镜子。

但我现在接受物理治疗的时候，会试图忽略自己的审美反应，转而专注于肌肉运动的极限这种客观的事物。专注于恢复可塑性和力量，不再执着于恢复美丽。专注于我的脸能做什么，

居斯塔夫·莫罗的画作《特洛伊城墙上的海伦》

不再对我的脸长什么样抱有执念。换句话说，比起虚荣和对称的脸，我更重视功能、目的和意图。比起别人怎么看我，我更重视调动面部肌肉能做什么。

我慢慢恢复着，甚至能练习皱眉了。从生理上来说，皱眉比微笑更难，要调动更多面部肌肉，而我下巴处的肌肉拒绝配合。我看着镜子尝试皱眉，左脸就会产生一种感觉，像细小的雨刷在神经上刷来刷去，又像有人拉着绳子蹭过我的脸颊。我不知道这是恢复还是损坏的信号，总之我有这么一种感觉。我在让肌肉复活、复工的过程中发现，表达喜悦用到的肌肉远少于皱眉或皱下巴表达悲伤的肌肉。

当我紧紧闭上眼、眯眼和吹气时，脑海中响起了叶芝的诗："唯独一人爱你朝圣者的心，爱你哀戚的脸上岁月的留痕。"

★ ★ ★

在这场长途跋涉中，我又找了一位脊椎矫正师。我有位编舞师朋友，生过孩子以后走不了路。她被诊断出足下垂，走路的时候一只脚只能拖着，这对编舞师是毁灭性的打击。在这位脊椎矫正师的帮助下，她终于又能走路了。这位脊椎矫正师就是她推荐的。

我朋友强力推荐的这位脊椎矫正师会变魔术。她量了我的腿长，看我两条腿是否一样长，结果它们居然不一样长。她的动作很轻。（我祖父是一位来自艾奥瓦州达文波特的儿科大夫，他不信脊椎矫正师，而脊椎矫正术又诞生于达文波特，所以我这个孙女本来也不信脊椎矫正师。不过既然我要恢复，没有明显害处的方法都不妨试试。）

我只找过这位脊椎矫正师一次，我的脸就肉眼可见地变好了一些。这很没科学道理，但我的肌肉确实开始复活了。我也一直在做伊莱恩教我的面部练习：对着镜子嘟嘴、眯眼、皱眉、龇牙。

我还听从一位耶鲁大学戏剧家同事的建议，努力尝试了亚历山大技术（一种使运动机能和心理机能得以协调和康复的身体训练方法）。亚历山大技术教人改变姿态、让身体尤其是头颈放松。这种技术一般演员常用，帕金森病患者也在用。其创始人费德里克·麦特里亚斯·亚历山大是一位来自澳大利亚塔斯马尼亚州的莎士比亚剧作演员，在失声以后建立了一套训练体系，并借此恢复了声音。约翰·杜威、奥尔德斯·赫胥黎、萧伯纳都接受过他的训练而且非常满意。

我跟着我的亚历山大技术老师学了新的走姿和坐姿，像婴儿一样练习微笑、走路、躺卧这些自然而然的动作。我很享受这种状态，这让我有事可做，不是被动地接受治疗。

不管怎样，做过这么多练习以后，我的笑容好像变得更舒展、自如了。笑起来鱼尾纹与我的微笑也协调了，让我露出了“杜乡的微笑”。

我又去找了伊莱恩，她测试了我脸部肌肉的能动性。我第一次找她的时候左脸约有 70% 损坏，现在只有 38% 了。这是否意味着我拥有了 62% 的快乐呢？从生理上来说，我的情况已经很乐观了，我的康复有了数据支持。

为什么很少有人给特发性面神经麻痹患者推荐物理治疗？因为它是未经过证明的治疗方案，而保险公司不肯报销未经证明的医疗技术费用。这不无道理——何必浪费时间和金钱做无用功呢？伊莱恩也是边帮我治疗边建立治疗方案，对我来说确实慢慢见效了。她借助物理治疗的专业知识和罹患特发性面神经麻痹的亲身经历为我开发了一套训练方法。诸多医护人员都尝过通过自己的实践来获得新的发现，她也是其中之一，而我是诸多受益者中的一个。

我在练习方面没有松懈，但也明白治疗的重点不是练习，更多的是让别人看见我的变化。

大家一般说到脸都会用美或不美形容，不会用强或弱来形容。不过我们会用强和弱形容具体部位的特征。我们会用“弱”来形容一个人的下巴，尤其是男人的下巴。我们也会用“强”来形容一个人的鼻子。我们可能会说一个人有轻微或严重的凸嘴。但我们一般不会说“好强的笑容”。我现在知道了，微笑需要肌肉的力量。我只知道一类人——小号手会说“强壮的嘴唇”这种话。

所以，我突发奇想，做起了管乐器和铜管乐器演奏者所说的口型练习。我在YouTube上找了一些视频在家跟着做。有个视频里，一个爽快的英国女人大喊：“你下垂的脸可怎么办！”

有一天我打开手机，面部识别又失灵了。这是第二次了。我想，我的脸真是不一样了。我找内科医生体检的时候，我什么也没说，她就说我的脸看着好多了。

然后我开始冲陌生人微笑，而且越来越上瘾，当对杂货店排队的人微笑时可能会引起误会。

2019年11月19日，我去找了伊莱恩。她看我做出的表情，然后说：“写下今天的日期，你的肌联动症消失了。”

她的意思是说，以前我挑眉的时候，整个左半边脸都会动。一般，大块的肌肉比小块的肌肉更有力，用于完成困难的任务。但如果有局部瘫痪，大块的肌肉就会琢磨着做一些它们本职之外的工作。在我接受物理治疗的8个月里，挑眉的时候都会训练脸让它别扭曲。

伊莱恩很激动，告诉我下一步是吹气球。我吹不了气球。我那双胞胎给我气球让我吹的时候，我都会交给安娜。但我那天在回家的路上买了一些亮闪闪的绿色气球。

我走在路上，哼起了《微笑》(*Smile*)这首曲子："心痛也要微笑……哭有什么必要？"

我回家嘟起嘴吹了又吹，还是吹不起气球。

不过好在我不是魔术师，吹不吹气球也不影响工作。

可能我就是吹不了气球，但我历尽艰辛之后左脸终于又能笑了。幸运就是，我们的左右脸都能笑，尤其能微笑、能大笑，这是能动性、耐性和愉悦的标志。

爱有很多张面孔。岁月改变了我的身材和容颜，但我丈夫一样爱我。虽然他的变化比较细微，没什么戏剧性，我也一样爱他，爱他的皱纹和白发。

乌拉圭诗人阿曼达·贝伦格在她对皱纹的长篇赞歌中写道："皱纹是岁月织网用的稻草。"

我还记得我在确诊特发性面神经麻痹以后第一次不假思索微笑的时候。那是一个春日，一个小孩子朝我走来，红皮球也曲里拐弯地向我滚过来，我不想挡它的道。一个老人看着我舞动的姿态冲我微笑，我也冲他微笑。我的笑有点扭曲，但发自内心、充满喜悦。

我决定重新拥有我的身体，夺回对它的主权。

29. 幸运饼干

10年前，我拿到了一盒幸运饼干，里面的纸条写着“释放内在，才能拯救自己”。我当时把这句话单纯地解读为：如不及时生下宝宝，你就会因他们而死。

或许，这句话有更深的含义。

去年圣诞节，我待在伊利诺伊州埃文斯顿我母亲的公寓里，立志要了解某位爱尔兰祖先。我的一位祖辈帕特里克·格雷格在美国内战中为北方而战。他被南方俘虏，给他们写了粗俗的诗，并扔到监狱的窗户外面。我对这位祖先很是好奇，翻看着相册和老到发黄的文件，想找到他的诗。就在这时，我发现了我父亲黑棕色皮革的儿童纪念册，里面都是我祖母的笔迹。我把它打开，随便翻开了一页：

帕特·鲁尔：婴儿期时幽门痉挛，两岁前都只能吃香蕉和牛奶。我想这是乳糜泻。

我放下了我父亲的儿童纪念册，目瞪口呆。

我父亲根本不知道他还是小婴儿的时候得过乳糜泻。我们现在知道了乳糜泻不是能随着年龄增长自愈的儿科疾病，而是一种终身的免疫反应。如果置之不治，就会大幅度提高罹患包括癌症在内的各种疾病的风险。有三种癌症和乳糜泻紧密相关，其中一种是腺癌，很罕见，但我父亲得了。

我父亲在我现在的年纪时，身体就开始出现各种各样的问题，包括周边神经病变、手脚刺痛、坐骨神经痛、背痛欲裂。大夫解释不了他的症状，他就住院、做各种测试、吃止痛药、吃类固醇。他吃了类固醇就会有点狂躁、易怒。他变得爱躺在床上抽雪茄、翻通讯录、整夜给朋友打电话。据我所知，我父亲之前一根雪茄都没抽过，但那时简直是老烟枪。最后，是一位以态度恶劣但诊断如神闻名的芝加哥人大揭开了谜底：我父亲得的是恶性贫血。后来，我父亲每个月都注射维生素B_{12}，以为这样就能康复。我们那时还不知道，这根本治标不治本。

我父亲最后因癌症去世，享年54岁。如果他知道他患有乳糜泻并积极进行治疗，命运会不会改变呢？或许他能躲过癌症，活到孙辈出世。

我父亲 52 岁的时候，我正在罗得岛普罗维登斯读大一。他和我母亲、我姐姐一起开车来了，告诉我他得了癌症。我一开始不知道他们一起来是要干什么。我当时是一个以自我为中心的大学生，还想着他们是不是担心我会醉酒睡不好。我带他们去妇女中心，向他们展示我参加志愿者活动的地方。然后他们让我到一间温馨的公共活动室里坐下，我妈妈还关上了门，跟我说他们来这一趟是要告诉我一些事情。我很困惑。我父亲实在说不出口，所以我母亲跟我说了。他就那么拉着我的手看向一旁。他确诊的时候，癌症已经蔓延到了全身，遍布后背、骨骼和各个器官。

很多人觉得卡夫卡具有超现实主义风格，这我无法苟同。得过疑难病症的人都会觉得他是一位现实主义大师。一觉醒来真能变成虫子，一觉醒来脸真的会歪。然而，一觉醒来我父亲走不了路，然后发现癌症已经扩散全身。

我第一次读到《变形记》时，为主人公格里高尔·萨姆沙落了泪。

在那个不同寻常的周末，我父母带我和我的一些朋友去了中餐馆。我们边品尝美食边放声大笑，吃完饭拿到幸运饼干纷纷打开。

我父亲的纸条一片空白。

我们一起看向别处，换了别的话题。

荣格说过，一个人最早的三段记忆会奠定其一生的基调。我最早的三段记忆是：不会游泳就跳进游泳池，被淹，被我父亲救起；在大西洋里被海浪扑倒，被我父亲扶起；在酒店走廊里雀跃、忘乎所以地跑来跑去，找到我父亲抱住他的腿然后大叫起来——我错认了陌生人。我一生的基调就是这样的吗？我被水淹时被父亲救起，然后寻找我父亲却发现他不见了。这未免太过波折了。

我父亲生病了也还能开玩笑。他接受的实验性放射性治疗导致尿液有了毒性，就开玩笑说要比我们活得都久，在我们坟前撒有毒的尿。夏天我们经常去科德角玩，他就希望全家能在他有生之年最后去一次。结果夏天到了，他却病得难以成行，我们只好一起吃鱼、在他黄色的病房里写明信片，假装去了科德角。

不久后，父亲白细胞数量低到了危及生命的地步，所以他最后一次去了医院。我们整个大家族都聚在一起向他道别。我外祖母看见他坐在病床上大变了样，吓了一跳。我父亲说他很庆幸他父母已去世了，省得父母看他先走。

我和父亲在我姑姑的婚礼上

我在医院里给他读他最爱的诗人——狄兰·托马斯和卡明斯的作品。他最喜欢的一首是狄兰·托马斯的《羊齿山》：

此刻我重回青春，悠然回到苹果树下，身旁是欢快的小屋，幸福如青翠的青草……

我猜，我父亲小时候在艾奥瓦州就是这样。

“我是苹果国的王子……在农场里醒来，永远逃离没有孩子的世界……”

我父亲的熟人都不是农民，但他们都住在农场。

狄兰·托马斯的管家甚至给了我父亲一个灯罩。我父母度蜜月的时候，去了威尔士狄兰·托马斯的故居参观。狄兰·托马斯刚去世，他的管家正在给参观者分发遗物：“拿个灯罩，再从花园里摘些迷迭香做纪念吧。”后来我在我的柜子里找到了这个像维多利亚玩偶裙子一样的灯罩，把它挂在了我的房间里。

时光握住我的青翠与死亡，纵然我随大海般的潮汐而歌唱。

我父亲以前会在“冰室”里用唱片机放爵士乐给我听。我们给这个房间取名为“冰室”是因为窗户透风，很冷。但“冰室”也有温暖的时候：我们会在里面玩耍、放唱片，我和我姐姐会打扮好在里面设计舞步。

我父亲会跟我解释，戴夫·布鲁贝克的《五拍曲》是用5/4拍写的，着实了不起。我父亲很崇拜戴夫·布鲁贝克，还崇拜戴夫·布鲁贝克四重奏的萨克斯手保罗·戴斯蒙德。保罗·戴斯蒙德因肺癌去世，享年52岁。无巧不成书，我父亲有一次在机场的通勤大巴上跟戴夫·布鲁贝克坐在一起。我父亲认出了他，说他从小就崇拜他，他们因此攀谈起来。戴夫·布鲁贝克告诉我父亲，保罗·戴斯蒙德会带病演出，即使奄奄一息也要用尽最大力气吹出最后一个音符。一落幕他就倒下了，乐队成员把他抬了下去。

我父亲奄奄一息的时候也是差不多的年纪，他成了翻版的保罗·戴斯蒙德。保罗·戴斯蒙德用尽力气吹萨克斯，我父亲则努力陪伴身边的人。他让我们放松，给我们讲笑话，问我们过得好不好，记得我们日常生活的点滴。我父亲刚确诊的时候，是在他失业一年以后刚找到新工作之时，他天天从芝加哥开车去威斯康星州拉辛县，单程都要一个半小时。他有时会在回家的路上给我们买威斯康星州的特产酥皮卷。他生病以后不能没有保险，所以不能失业。他还要养家。他得在漫长无趣的车程中思考点什么。他努力维持着正常生活，坚持让我上学，不让我因照顾他而虚度青春。

相反，他会给我写长信，探讨无条件的爱有什么特性，探讨诗歌的起源。可能他会在去拉辛县的路上思考要写的内容。我有时间就会回家。有一天我放假回到家，看见他快步走向卫生间，裤子掉在脚踝上。他瘦了很多，已经没法自己提起裤子。我知道他很不想让我看到这个场面。他想让我待在学校里假装一切正常有无数个原因，这就是其中之一。

即使到了生命的尽头，他也会在冰冷的医院里逗人发笑。这是他用尽力气吹最后一个音符的方式。

我父亲的肿瘤科大夫是一个正统犹太人。他去医院看我父亲，告诉我父亲整个肺都长满了瘤。他用带着哲学意味的温柔告诉我父亲或许还能活几天，也可能还能活几个月。他身上的宗教气息和哲学气质莫名给了我父亲其他医生给不了的安慰。我父亲说，他希望葬礼上有整装的乐队演奏《众圣徒进行曲》。

临终的那几天父亲也在医院度过。他和我母亲说她是他的牵挂，然后第二天他就不能说话了。但他还能听见我们说话，我母亲就说，他可以放心走。他解脱了。

那时我在开车。我在芝加哥西北部的城郊，离医院不远。我也不知道当时在干什么，反正是忙一些杂事。我回去的时候，全家都聚在一起。窗外，月亮正升上夜空。他们说，你快回来。我父亲抓着床单，抬起头。他呼出的气息流向病房，一阵暖流注入我的身体，他走了。

我母亲抱住他瘦弱的身体，然后开始哀号："啊，啊，我把他肋骨弄断了，我把他弄伤了……"我叔叔轻声告诉她，我父亲再也不会受伤了。

我的记忆是这样。但亲历死亡以后，记忆就不能全信了。在我眼里，我父亲的死是童书书页中的洞。你知道埃里克·卡尔写的绘本《好饿的毛毛虫》吗？毛毛虫在某一页上咬了一个洞，之后你翻的每一页上都有一个小洞。不过我很确定，有乐队在伊利诺伊州威尔梅特的公理会教堂演奏了《众圣徒进行曲》。

中国有个寓言故事叫"塞翁失马，焉知非福"。故事讲述的一段内容是，有个年轻人骑马摔断了腿，邻居都说他运气不好，他父母却说"焉知非福"。过了一阵，边疆有战火，青壮年都应征入伍，这个年轻人因为摔断了腿免于参战。邻居都说他运气好，他父母却说“焉知非祸”。

我回想起我怀了双胞胎以后拿到的那盒幸运饼干——里面的纸条写着“释放内在，才能拯救自己”。

从最基本的医学角度来看，生下双胞胎以后我的脸瘫痪了，没有危及生命。但正因为我脸瘫痪了，我发现了一个能救我全家人性命的秘密。

也许双胞胎切切实实救了我和他们的姐姐。这么说来，特发性面神经麻痹真是一份厚礼。

我爱上了“也许”这个词。现在我满脑子都是这个词。也许我的康复并不那么明显；也许没有一个医生可以完全医治你，却有很多耐心的医生指导你；也许这个过程比预期的要长；也许你可以稍作休息；也许写写你的经历会有帮助；也许在你看不见之处，有人正学习如何单腿站立，有人在学习再展笑容，有人在学习重新呼吸，有人过着无法预料、只能想象的不对称生活，有人正在重新定位自己，他们可能只有一个乳房、一条腿、一个肺、一个肾、一只手。

这些不对称之间有不平等，就看具体怎么纾解痛苦。也许虚假的平等和完全不去想象他人的痛苦一样恶劣。也许我们都在寻求某种治疗方法。

30. 微笑不是唯一的答案

罗马神雅努斯有两张面孔，一张向后看，一张向前看。但事实上，人类只有一张脸并且存在于我们身体的前方，这可能是我们知觉受限的一个表现。我们不是猫头鹰，我们也不能360度看世界。我们的脸能呈现我们如何看待别人与我们如何被别人看待的表情。但是众神有更多的面孔可以看到不同的方向。我们应该去渴求更多隐形的脸来看透事情的本质吗？或者只是向那些知道得更多、能看到更多的神祈祷呢？

雅努斯的脸有一扇通往过去和未来的大门。我开始这样想，我的脸也是一扇没有被时间限制的通向过去和未来的大门。

经过各种物理治疗后，并不是说我的脸突然完全对称了，也不是说我的肌联动症神奇地消失了，更不是说我的笑容看起来像30岁时的样子。我仍然讨厌拍照，霍普仍然看着我在婚礼上的照片不假思索地说："那时你漂亮多了。"

但是，我的亚历山大技术老师在一次视频电话中，突然不能确定地说出到底我哪一边脸瘫痪了。在我上次的视频理疗中，伊莱恩让我出去买瓶酒庆祝——她给我的肌肉运动打了82分。这就是进步。

最近，我女儿霍普给我拍了如下页的这张照片。她用相机捕捉到了那一刻。我双手正朝头顶伸展……是什么呢？是在缓慢地伸向快乐吗？

在这张照片里，我仍然对你们半遮半掩。有些东西仍然是不完整的，仍然未完全暴露。我仍然害怕给各位一种看起来被动、只在照片中存在的快乐。喜悦应该是不期而至的。就像诗人奥德丽·洛德所说的那样，喜悦来自深刻的体会，是"从内到外"，而不是"从外到内"，喜悦更不是面对相机时的一种精心设计好的回应。

我以前的一个学生，名叫托里·桑普森，是一位优秀的剧作家，写了一部《如果美人受伤，丑女一定是穆赫富卡》的戏剧。这部剧改编自西非的一个寓言故事，讲述了嫉妒的女孩试图淹死村里最漂亮的女孩的故事。在这部剧的结尾，一名女子坐在

镜子前，慢慢化妆。她对着镜子自言自语，像在念咒语一样：“这是我的身体，我是自己的灵魂；这是我的嘴唇，我是自己的诺言；这是我的皮肤，我是自己的行动；这是我的腿，我是自己的献礼；这是我的微笑，我是自己的笑声。”

这是我的微笑，我是自己的笑声。

今晚，我丈夫在昏暗的床上对我说：“把灯打开吧，我想看看你的脸。”

在我住的楼里，那个速度非常慢的电梯旁边有一面镜子。有时我在那里等电梯的时候会做面部保健操。今天早上，我的孩子们跟在后面，等着我送他们上学。我对着镜子微笑，之后我噘着嘴。他们看着我。

然后他们不假思索地说：“别这样，妈妈，我们喜欢你的半个微笑；你笑容满面，看起来怪怪的。”

我突然意识到，在我对我的孩子们不能自然微笑而感到恐惧时，他们已接受了我的脸。事实上，他们一直都接受我的脸。他们不仅接受了我的脸，还读懂了我的意思。他们早已明白，我刻意露出的半个微笑，对他们来说很简单，就是一个微笑。

很明显，现在我明白了——孩子们爱我，他们爱我不是因为我的容貌，而是因为我面部之下的其他东西。

我想起了艾丽斯·沃克为她女儿写的一本书："她在我身上看到了我认为的伤疤，并重新把它定义为一个世界。"

我开始思考：谁是你的镜子？而不是：你的镜子是什么？

在英格玛·伯格曼的电影《芬妮与亚历山大》中，古斯塔夫说："我亲爱的，亲爱的朋友……我的智慧是简单的……我们必须生活在这个小小的世界。不要伤心，亲爱的杰出艺术家们。演员们，我们同样需要你们……世界是小偷的巢穴，夜幕正降临……让我们成为友好、慷慨、深情而善良的人。在这个小小的世界里享乐是必要的，一点也不可耻。"

在这个小小的世界里享受快乐。

对我来说，这个小小的世界既是剧院又是家，还有伴随着这个小小的世界出现的我的孩子们。

在伯格曼的电影中，工作和家庭这两个小世界之间并没有隐含的冲突。在易卜生的戏剧《玩偶之家》中，劳拉必须关上门走出玩偶之家才能获得解放。而古斯塔夫则不同，古斯塔夫呼吁男人和女人都要关注小事，以成就大事，从而获得精神上的解放。

此时此刻，我觉得这很对——我被召唤在小小的世界里享受快乐，这两个小世界都是我有幸拥有的。

我儿时最好的朋友萨拉是一名儿科医生，她既亲切又善良。有一天我们在谈论我的脸。“这不是悲剧，”她说，“但肯定是会令人失望的。”我想，失望和悲剧之间这种有用的区别解释了为什么我在很长一段时间里都拒绝写特发性面神经麻痹。令人失望的不是文字，令人失望的是僵硬的嘴唇。悲剧是用文字书写的，因为悲剧中有宣泄，而没有缓慢的、渐进的、几乎看不见的进步。

面部神经恢复并不明显。这是生活而不是艺术。但我相信，身体部分恢复的状况与生活非常相似。大多数人已经从某种疾病中部分恢复了。童年的灼伤，创伤，骨折，破碎的心……。很少听到有人对自己的心灵或身体说：“你已经完全康复了。”毕竟，谁能完全从人生各种经历中康复呢？我们的身体是有韧性的，即使身体有时会如愿地康复，但总是会走向死亡。

我现在可以忍受没完没了的视频电话，可以勇敢地看着自己说话。我意识到，几乎所有理智的人都讨厌在视频电话上看到自己的脸，无论是否患有特发性面神经麻痹。但我不再害怕陌生人无法解读我的面部表情，我可以毫不害羞地微笑，我重新学会了如何在拍照时微笑。这句话让我难以忘怀：“对着镜头微笑。”这不是为你自己微笑，也不是为你自己的快乐而微笑，而是对一个无生命的物体微笑。如果有必要，我可以做这件事。但它并不能衡量我的快乐，就像一把汤匙不能衡量我的心一样。

如果没有我扭曲的微笑，我可能永远不会在那么长的时间里得出失望和悲剧之间的区别。我永远不会知道，人们会以如此亲密的方式在面具后面微笑。当你的身体不服从你的内心时，我就不会学习忍耐的功课。

当然我也永远不会知道身体和大脑的适应能力有多强，一种功能如何替代另一种失去的功能。当孩子们小的时候，我可能没有在照片中微笑，但是当我看以往的影像时，我意识到我在镜头后面一直在用我的声音传达喜悦和爱。声音在微笑，而脸却没有。如果你听到了你想听到的声音，你可能不会在意图像。

我听了太多关于我脸部的错误诊断。我听了一位神经科专家的话，他说6个月后我的神经就不会再生长了，即使我做什么来恢复我的脸也于事无补。事实证明，他在这两方面都错了。对于女性来说，听到并相信自己脸部误诊的事情并不少见。我不仅听了，还在脑海中写下了关于误诊的故事，这是一个充满羞愧和责备的故事。我花了10年时间，不仅找到了合适的专家，而且相信自己就是自己故事的专家。

咏给·明就仁波切是一位藏族僧侣，他曾经离开他舒适的寺庙，一无所有地开始了旅行——没有钱、没有住处、没有食物。他写道，“我们所有人都不得不与出生、衰老、疾病和死亡做斗争”。但他也写道，“我们可以在无须他人帮助下经历这些事情，也不需要用反复回想我们误解的故事情节来加剧痛苦”。

作为一名作家，我应该很清楚，故事的反复可能会让事情变得更糟。

我花了10年时间才改变我对自己脸部的看法，或者不去理会这件事。让肌肉只是我脸上的肌肉，我要利用我编造故事的能力编造其他不同的故事。

这天早上我从梦中醒来，我在梦中说：“简而言之，我不是无用之辈。”

故事的结尾部分是总结也是教训。这是我告诉你我是如何走出绝望的泥潭，走进天堂之城的大好机会。或许我对我从苦难中汲取的教训和道德持怀疑态度，那么我为什么还要继续寻找它们呢？

★ ★ ★

我和孩子们在科德角，拜访我的老师宝拉，她告诉我生了第三个孩子后会再写信给我，会照顾我。现在，她又给我一个写作的地方，给了我一张桌子，还带了我想喝的约克郡茶。

我的双胞胎孩子在海滩上寻找贝壳，他们把贝壳放在沙子上。“你最喜欢哪一个？”他们问我。我选了一个小小的彩虹色的破贝壳。“你不喜欢这种吗？”他们问道，指着一个破损较少、更完美、平淡无奇的贝壳。

“不，我喜欢破贝壳，”我说，“它是彩虹色的。”

我认为，不完美是一个入口，而完美和对称则会产生距离。我们的文化看重的是完美的自我形象，那是海市蜃楼，而不是真实的自我。我们通过不完美的身体与他人相遇。不完美也需要爱——呼吁被爱的人说“我也破碎了，但我能够加入你们吗？”。

如果我不再把微笑看作对称中的闪光点，而是亲和力的表现，会怎样？这是单纯地想把微笑和亲和力联系起来的愿望，是承认不完美吗？也许正是因为我们的不对称，我们才逐渐成为彼此的归属。有脆弱才会有关怀。

对称性本身就是完整的。不对称则呼唤心爱的人去使它完整。

日本诗歌往往颂扬隐藏的、含蓄的、无常的东西，很多时候是不对称的。例如，俳句（一种日本古典短诗，以三句十七音为一首）的字音数量（五、七、五）不对称，这三行引导读者为看不见的第四行提供答案。日本美学也颂扬“侘寂”（残缺之美）——不完美是欣赏一件艺术品的入口。所以我一直在练习写俳句，同时想着那些写作中的不完美。在纳瓦霍人的编织中，地毯通常有一条“精神线”——那是一种明显的不对称——让织布者的精神脱离地毯的线。在伊斯兰建筑中，不对称被刻意构建在建筑物中，以反映真主完美而我们不完美的理念。

从某种意义上说，我花了10年时间才写下这首俳句：

扭曲的微笑，
胜过一颗扭曲的心，
我向上帝敞开心扉。

多年的戏剧创作经验告诉我，一个故事需要曲折的情节变化。但我的故事是如此缓慢、如此渐进，正如慢性病人抵制突变的情节和顿悟。当遇到慢性病患者时，医生通常都会逃之夭夭。作家对慢节奏故事也是如此。

女人慢慢好起来了。

这是一个什么样的故事？

我知道在写故事的过程中，一个女人慢慢变好了，我也慢慢变好了。不是完全好。我可能永远都会带着歪歪扭扭的微笑，但我已经足够好了，好到可以让陌生人知道我是否很友好，好到足以让我的密友知道我是不是满心欢喜，好到可以继续生活，好到现在就画自画像，而不是以后，无须等到痊愈才继续生活。继续前进，行动吧——或慢或快，或者以任何速度前进——只是不要停滞不前。

出于某种原因，我似乎一直知道完美不是艺术的目标；完美工艺的外观是静止的，封闭了心灵，而不完美和杂乱的细节具有打开心灵的力量——我忘记了为人父母或面对自己的脸时的感觉。我准备放弃追求“足够好的脸”而做一个“足够好的母亲”。我足够优秀，能够实现人生的根本目标：给予爱和接受爱。

在这个故事接近尾声的时候，我想对自己说：我愿意接受我的脸，因为我的故事、我的喜悦都写在我的脸上。

亲爱的读者，我想告诉你的是：虽然我不认识你，虽然我从未见过你，但我爱你的脸。

我爱你的眼，爱你阅读时眉间蹙起的皱纹。无论你有什么不完美，是有和我一样又黄又不整齐的牙齿，还是有和我一样歪歪扭扭的微笑，所有这些背后都有属于我们的故事。这颗痣，那道疤，我们身上的各处，也许伤痕累累、残缺不全，那些几乎治愈的、勉强治愈的或是那些从外表看永远无法治愈的伤，都是我们生命或平静老去的一部分——无论怎样，你是那么美丽，我会珍视你的眉头紧皱，因为那是你来之不易的喜悦与人性的标志。

小小的祈祷：

愿所有破碎的脸庞痊愈。

也许那些看似破碎的东西，实际上正在经历一场无法言说、无法预见的治愈之旅。

致谢

我写的剧本大多会以现在时的形式展开，用过去时描写慢性病，感觉就像是跨越了时间和空间战胜了疾病，这本身就是一种自我宣泄。如果没有思维敏锐、富有同情心、一直坚守的编辑玛丽苏·鲁奇，我就永远不可能理解这种变幻莫测的时态。她深入理解材料的方式总是极具洞察力，字里行间像真人一样引领着我见所未见，并允许我将治愈的过程用现在时的文字和隐喻表达出来。我将永远感激多里安·卡奇马，一名卓越非凡的文学经纪人，具有完美到无可挑剔的观察力和倾听能力，以及无懈可击的判断力。感谢艾玛·费维尔对本书多版草稿的阅读，以及锲而不舍地给我鼓励与建议。我还要感谢艾伯特·李，当我在构思这本书时，他非常认真地听了我的构想，并告诉我可以出版这样一本书。当我一头扎进第一版手稿的创作时，凯蒂·亚当斯也给了我很好的支持性建议。

这本书的大部分内容，都与我在剧院的台前幕后的生活有关，在此我要感谢那些多次与我合作的受人喜爱的剧场合作者一直以来对我的支持，他们包括：戴维·阿杰米、托德·阿尔蒙德、亚历山德拉·贝勒、艾德·毕肖普、安妮·博加特、安妮·卡塔内奥、梅丽莎·克雷斯波、托德·伦敦、艾米丽·曼恩、丽莎·麦克纳蒂、艾米丽·莫尔斯、布鲁斯·奥斯勒、马克·苏比亚斯、丽贝卡·泰希曼、莱斯·沃特斯、马克·温-戴维、安妮塔·亚维奇。我还要感谢詹姆斯·邦迪，在很大程度上是他教导我如何在美国的剧院开始创作，并使我享受教学的乐趣，是他引导我借助亚历山大技术治疗我的特发性面神经麻痹。感谢约翰·拉尔与我的多次对话，还有我的戏剧大家庭成员，他们都读过这本书的早期版本：贝丝·亨利、乔伊斯·皮文、杰西卡·塞布斯、波莉·努南和P. 卡尔。我对你们每一个人都怀有深深的爱意和感激之情。

我创立的泡菜委员会是一个作家团体，我和他们分享书也分享泡菜。泡菜可以是真实的，也可以是一种隐喻，我的委员会成员都读过这本书的手稿，我非常感谢他们：凯瑟琳·托兰、安迪·布拉根、莉莉·索恩、基思·雷丁和豪尔赫·伊格纳西奥·科蒂尼亚斯。凯瑟琳和安迪也出现在这本书中，我感谢他们在生活和艺术上给予我的所有感悟。当一名剧作家是孤独的，除非你一开始就将剧作家当作你最好的朋友。朱莉娅·周就是这样一位朋友，她和凯伦·扎卡里亚斯、凯瑟琳·托兰、朱莉娅·乔丹、林恩·诺蒂奇、奎亚拉·阿列杰里亚·胡德斯和艾米·赫尔佐格向我展示了一位写作的母亲是何等的优雅。

在过去的几年里，我非常幸运地遇到了杰出的作家和思想家詹姆斯·夏皮罗，并有幸与他及伟大的诗人保罗·马尔登定期探讨文学、共进午餐。对于这本书，詹姆斯给了我很多的鼓励——是他坚定地帮我把梦想变成现实，后来他也多次阅读了本书的修改稿。他和他的妻子——出色的作家兼老师玛丽·克雷根，都给了我不可或缺的改进建议和精神支持，我非常感激他们。

我还要感谢很多演员，他们是我的英雄、我的化身、我的伙伴。我想在这里特别感谢雷切尔·韦茨阅读我的书，也为我们的友谊而感激。感谢克里斯托·芬恩阅读本书的草稿，并告诉我关于马蒂斯和荣格心理学词典的知识。谢谢杰西卡·赫克特，在夏天我写初稿时，你的家为我提供了一个“避难所”。感谢令人敬仰的劳拉·本纳蒂和迈克尔·塞弗里斯，我愿穿越火海，只为聆听你们想要表达的那些话语。来自同一演员阵容的——亲爱的昆西·泰勒·伯斯汀、玛丽亚·迪齐亚、温迪·里

奇 · 斯特森和托马斯 · 杰伊 · 瑞安。感谢弗朗西斯 · 麦克多曼告诉我有关物理治疗的知识，并毫不掩饰地告诉我，在整形手术这种畸形的文化中，女性应该如何应对变老这件事——你用你的言行告诉我，畸形的是整形手术文化，而不是老年女性。谢谢玛丽 · 路易丝在我生日那天把那张卡片送到我的公寓——你的祝福如此温暖。感谢凯瑟琳 · 查尔芬特永久的友谊和树立的榜样，也感谢《彼得 · 潘》大家庭。感谢乔纳森 · 卡尔布，他是戏剧评论家也是我的同行，他给了我一面神奇的镜子，这面镜子叫同情心。

感谢我的佛教老师佩玛，是他告诉我可以在火车上微笑；感谢威尔 · 杜普雷，是他教了我 20 年的冥想和数数；感谢马克 · 爱泼斯坦，他每天都在拯救生命；感谢丹津 · 葩默，我曾和她一起去避难。感谢央宗，一开始她是我们的保姆，但在很多方面她是我的老师，所以我才会把我的孩子和我的精神都托付给这个值得信任的人。

感谢带给我如此多欢乐的老朋友们，他们中的一些人也读过本书的草稿：萨拉 · 欣克尔 · 沙利文、艾琳 · 克劳利、萨拉 · 富尔福德、谢尔莉 · 曼森、明迪 · 索博塔、卢克 · 沃尔登、莎拉 · 杰拉蒂、妮可 · 罗斯、凯蒂 · 卢西尔、雅各布 · 阿佩尔、萨拉 · 库尔蒂斯、乔乔 · 卡林、玛丽和里克 · 特泽利、尼古拉斯·达维多夫、詹姆斯·普拉特、吉尔·道西、克里斯汀·德卢卡、杰里米·吉尔，我非常感谢你们带给我的友谊。

感谢我的学生们，我无比崇拜你们，我的其中一个学生——米兰达·罗斯·霍尔——很早就读了这本书的草稿，并给了我一些非常好的建议，她在我完成这本书后，继续与我保持着联系。感谢托里·桑普森写出令人惊叹的作品《如果痛苦是美丽的》。致敬阿米莉亚·罗珀、雷切尔·考德·纳尔巴夫以及马克斯·里特沃，我希望我能与他们分享本书。感谢所有我现在和曾经的学生，感谢你们每天都在激励着我。

感谢帮助我渡过难关的卓越非凡的西医——罗塞尔博士以及他超群的诊断能力，感谢我的英雄迈克尔·西尔弗斯坦博士平安地接生了霍普和威廉。致敬克里斯蒂娜·丁尼森博士和朱莉·富恩特博士，他们是最具天使精神的胃肠病专家。感谢朱莉·罗思博士，她是我的老朋友，也是一名神经科医生，她耐心地回答了我所有的问题，点燃我的希望、促使我顿悟。

感谢来自东方的医生、治疗师和打破常规给我治疗的医生，在我查尽西方医学资料时，他们给了我很大的帮助：伊莱恩·博尔贾-贾菲、丽贝卡·克劳斯、伊莱恩·斯特恩、查尔斯·尼古拉、杰西卡·沃尔夫、伊希斯·梅迪娜、佐伊·科根。佐伊是为数不多的专业针灸师之一。当你躺在台子上时，这些针灸师会将针头扎在你的脸上，这会让你笑个不停，但他们也提供了最好的极具启发性的建议，在新冠病毒肆虐期间，他们默默为我提供最好的草药。

致敬我的老师：宝拉·沃格尔和安妮·福斯托·斯特林。我该如何表达你们为我们家带来的一切呢？从起初的剧本创作和课堂教学到后来回归于生活本身。如何摘黄瓜，如何为下一代树立慷慨的榜样，如何随着时间的推移一直爱你的伴侣。此时，我就坐在你们借给我的长满长春花的房间里写本书的致谢。自我认识你们以来，你们一直给我食物以果腹、给我精神食粮以支撑。我该如何报答你们呢？

感谢蒂娜·豪，在我纽约的第一次预演中，你给了我一尊粉色的象头神像，并告诉我上午 9 点至下午 3 点是最佳的写作时间，所以既当母亲又当作家是完全可行的。致敬剧作家查克·米，他在《近乎正常的生活》中写得深入人心，他写道："疾病摧毁了我们对生活的审美观——这是我们痛苦的来源。如果一个人要重新获得平衡，就必须重建对生活的审美观。"

感谢你给我上了这一课，也感谢你在我 27 岁的时候把我的戏剧《欧律狄刻》推荐给莱斯·沃特斯。感谢我在耶鲁的所有同事，他们教会了我很多东西并且始终支持着我平衡母亲和教师的关系，包括塔雷尔·麦克莱尼、安妮·厄贝、詹妮弗·基格、杰姬·西布里斯·德鲁里。

致敬我的祖先，致敬凯霍家族的所有人，致敬伊丽莎白·查鲁瓦斯特拉和我所有通情达理的姻亲——马库斯和妮可。致敬我的父亲帕特里克·鲁尔。很久以前，你生病的时候给我写了一封信，你告诉了我在失去你以后生活中所需要的一切。

我真的无法用言语来感谢我的母亲凯瑟琳·鲁尔，是她把我带到这个世界，教会了我热爱戏剧，教会了我如何去爱。感谢我的姐姐凯特，感谢她在那段疯狂的时期整夜陪着我一起照看我的双胞胎，感谢她成为我的依靠，感谢她让我笑着走出来。

致我亲爱的孩子们！安娜！威廉！霍普！你们是我的骄傲。我爱你们的心日月可鉴。我希望你们长大后不介意我喋喋不休地谈起我生完你们后的种种琐事。与你们在这个世界上的每一刻都是一份礼物，这是无法平均分的礼物——是属于你们三个人的共同礼物。

托尼——托尼，托尼，托尼——我该怎么感谢你呢？我最近为你写了一首俳句。

献给今天修理了胶带切割器的我丈夫的情诗

无形的胶带，

自陷困境，

而你又找到了起点。

资源

如果你在某些方面需要查询，以下资源供你参考。

如果你或你关心的人在怀孕期间肝脏胆汁淤积：

妊娠期肝内胆汁淤积（https://icpcare.org）

如果你或你关心的人患有乳糜泻：

Celiac Disease Center at Columbia University (www.celiacdiseasecenter.columbia.edu)

Gluten Is My Bitch: Rants, Recipes, and Ridiculousness for the Gluten-Free by April Peveteaux (New York: Stewart, Tabori & Chang, 2015); alsoher blog, *Gluten is my Bitch*

Gluten-Free Girl and the Chef: A Love Story with 100 Tempting Recipes, by Shauna James Ahern and Daniel Ahern (Hoboken, NJ: Wiley, 2010)

如果你或你关心的人患有产后抑郁：

Seleni (www.seleni.org)

Pospartum Support International (www.psidirectory.com)

This Isn't What I Expected: Overcoming Postpartum Depression, 2nd edition, by Karen R. Kleiman and Valerie Davis Raskin (New York: Hachette, 2013)

如果你或你关心的人一直患有特发性面神经麻痹：

Center for Facial Recovery, Baltimore, Maryland (https://facialrecovery.com/)

Facial Palsy UK (facialpalsy.org.uk)

Facial Paralysis & Reanimation Center, NYU Langone Health, New York (https://nyulangone.org/locations/facial-paralysis-reanimation-center)

Facial Paralysis Institute, Los Angeles (https://www.facialparalysisinstitute.com/)

遇到问题时要坚持找合适的专家，直到找到可以帮助你的人，无论是神经科医生、物理治疗师、针灸师、脊椎按摩师，还是内科医生，他们都可以及时为你开抗病毒药物和类固醇，并检查你是否患有莱姆病，尤其是难以检测出的疏螺旋体病。

本书不是我故事的结束，也不是你故事的结束。

请不要放弃！

萨拉·鲁尔的其他作品

44 Poems for You

How to Transcend a Happy Marriage

Letters from Max: A Poet, a Teacher, a Friendship
(with Max Ritvo)

For Peter Pan on Her 70th Birthday

100 Essays I Don't Have Time to Write: On Umbrellas and Sword Fights, Parades and Dogs, Fire Alarms, Children, and Theater

The Oldest Boy: A Play in Three Ceremonies

Dear Elizabeth: A Play in Letters from Elizabeth Bishop to Robert Lowell and Back Again

Stage Kiss

Chekhov's Three Sisters and Woolf's Orlando: Two Renderings for the Stage

In the Next Room, or the Vibrator Play

Passion Play: A Cycle

Dead Man's Cell Phone

The Clean House and Other Plays (Eurydice, Melancholy Play, Late: A Cowboy Song)